GOBOOKS & SITAK GROUP©

GOBOOKS
& SITAK
GROUP©

三日月書版

三日月書版

風花雪悅
illust BSM
V
無瞳之眼
瞳の無い目
The last cry for help
輕世代 BL057
三日月書版

無瞳之眼

瞳の無い目

The last cry for help

CONTENTS

THE LAST CRY
FOR HELP
Character File 001
徐遙
PROFILE
十五歲父親意外亡故，跟隨母親移民美國，大學期間主攻犯罪心理學。
個性冷漠，但又常常幫忙李秩進行罪犯分析，有點外冷內熱。
神祕網路小說作家
「貝葉樹」

THE LAST CRY FOR HELP

Character File 002

李秩

PROFILE

富有正義感，對待工作非常認真，時常熬夜加班。
是「貝葉樹」的狂熱書迷，對徐遙有超越朋友的好感。

正直的
警察局副隊長

第八案　霧鎖松林（下）

THE LAST CRY FOR HELP

「媽媽，我明天能不能借一下妳的電動車？」

睡覺前，金翠敏都習慣去看看兒子有沒有發病，但今天金臨淵十一點多還沒睡，他問金翠敏，「我要買一本參考書，寒假作業要用，要到鎮上的書城才賣得到。」

金翠敏詫異，「明天都大年三十了，書店還開門？」

「媽，人家那是書城，很大間呢，可不是一家小店鋪，跟商場一樣，年節假日也有人值班的。」金臨淵拉住母親的手臂撒嬌道，「我初九就回校補課了，再不買就來不及做作業了。」

金翠敏笑著摸摸兒子的頭，「好好好，那你小心點騎，到鎮上開車都得半個小時呢。」

「媽，我怕我明天起來不知道又跑到哪裡去，會不會忘了這件事，妳先把鑰匙給我吧，」金臨淵道，「我應該還沒試過夢遊中騎車跑掉吧？」

「呸，醜話不靈好話靈，孩子家家說話不算數！」金翠敏連忙對兒子做了個「掌嘴」的姿勢，「別胡說！給別人聽到了又要欺負你！」

金臨淵扁起嘴來，一臉委屈，「就連妳也不相信我了……」

「……怎麼說起相信不相信了呢，媽媽是怕你弄丟了鑰匙。」金翠敏為了安撫兒子，特意把電動車的鑰匙拿到了他房門外的花盆架上，「吶，鑰匙就放在這裡，你現在好好睡覺，明天睡醒了，就拿上鑰匙去買書。零用錢夠嗎，要不要再給你兩千塊？」

「夠了夠了，我去買書而已，用不了這麼多。」金臨淵笑笑，鑽進被子躺好，「媽晚安。」

「乖，晚安。」金翠敏跟天底下正常的母親一樣，非常疼愛這個乖巧文靜的兒子，每天睡前幫他鎖上房門是她最難受的時刻，但她都盡力向他露出笑容。她真的不希望以這種囚禁似的方式關著他，但是她更加擔心他的安危，只能出此下策。

大約十五分鐘後，金臨淵便爬了起來，儘管徐遙說讓他回去小睡一會養足精神，但他知道自己一旦睡著了可能就會壞事，便泡了一杯濃濃的咖啡，打算一直熬著。

熬到五點而已，金臨淵看看手表，他曾經試過以不睡覺的方式抵抗夢遊症，最高紀錄是三十二個小時沒睡覺——但他覺得現在這個不睡覺的意義，可比他單純地鬧脾氣要重大得多了。

孟棋山在康家旅館看著徐遙，直到收到鐘英回覆的資訊「完成」以後，才藉口要忙工作離開。他剛下樓梯便打電話給康大宏，「這邊可以了，帶那姓李的回來吧。」

「嗯。」對面傳來一聲應答，孟棋山便掛了電話離開旅館。大概十五分鐘後，康大宏的車子也回來了，卻停在了靠屋後的位置，康妙珠聽見汽車的聲音，便出門迎接，卻只看見大開的前門，沒看見人。

康妙珠很是奇怪，便聽見旁邊有人喊「康大姐」，她轉身看，卻是李秩站在康大宏的房門前，「啊，副隊長，你怎麼一個人，我家大宏呢？」

「哦，大宏說有點睏，就先睡了，」李秩揚了揚手上一個塑膠袋，「買到藥了，麻煩妳幫我倒些熱水，我拿去給徐遙吃。」

「好，沒問題，我這就去。」康妙珠留心地往裡瞄了一眼，真的看見自己弟弟躺在床上呼呼大睡，才到廚房倒水。她提著一壺熱水回來，李秩把車鑰匙交回給她，便回樓上了。

李秩剛進門，徐遙便問道，「一切順利？」

「嗯，暫時還順利。」李秩從口袋裡拿出另一把車鑰匙——他交給康妙珠的鑰匙是李秩自己的車的，此時正停泊在派出所停車場，無法取用，「不知道何隊長有沒有找到人。」

「孟棋山既然走了，肯定是已經完成了轉移，要壓制一個大活人不容易，況且應該還有一些證物，三四個人是少不了的。何隊長是反恐部隊出身，這種動靜足夠他察覺了……」

徐遙話音未落，他和李秩的手機同時收到了一條定位資訊，兩人總算鬆了一口氣。李秩心想應該打鐵趁熱，但話未出口便被徐遙打斷了，「不能現在去救人。」

李秩不解，「為什麼，現在他們還沒完全安定下來，我們可以打他們一個措手不及。」

「我們這次不是要打掉他們，我們是要救出那個線人，然後馬上逃跑。」徐遙彈了他的額頭一下，「雙拳難敵四手，不要硬碰硬。你也說了，他們還沒安頓好，一定會繼續監視，我們只能等，等他們覺得安全了我們才好下手。而凌晨五點是人最疲乏最容易出差錯的時間，我們現在養精蓄銳，到時才能更好地配合何隊長。」

李秩輕嘆口氣，「好，都聽你的……但是那孩子，不怕他夢遊發作嗎？」

徐遙聳聳肩，「我本來就沒想讓他捲進來。」

「啊？那你怎麼叫他……」

「我得讓他覺得自己是這個計畫的一部分，他才會安心回家待著不是嗎？」徐遙笑了，又彈了李秩的額頭一下，「別忘了我是心理學老師。」

李秩捂著額，一時有些怔愣地看著徐遙。徐遙已經摘了眼鏡脫掉毛衣鑽進被窩了，李秩沒膽量去鑽同個被窩，他就那麼坐著，默默地看了他一會。

他覺得徐遙那三百層的堅冰鎧甲已經融掉了一半，他還偶爾從鎧甲後伸出根手指戳戳他、逗他玩。即使踩上了那些融化的雪水，徐遙也不再後退了。

總有一天那些冰層會全部融化掉的，李秩想，到時他會付出所有，去給他全世界的美好和溫暖，就像他曾經帶給他的一樣。

距離鼓陽坳不到五百米的地方，亮起了一點橙紅色的光，在夜色中特別醒目。地上已經有三四個煙頭了，但穿著厚實防風外套衣的鍾秀仍然哈欠連連。

誰叫自己就是個攀關係才進了派出所的不爭氣弟弟呢，沒有哥哥鐘英關照著，說不定他還在哪個血汗工廠裡被剝削呢。現在不過是熬個夜班顧個人，比起工廠趕工期時的工作強度，可以說是相當輕鬆了。

鐘秀回頭看了看被兩層落葉遮蓋的地窖蓋子，裡面暖和是暖和，但那股酸臭跟壓抑讓他每隔一會就得上來透透氣。也不知道郭老七怎麼能那麼嘴硬，打也打了餓也餓了，就是不肯說出那把槍的下落，這兩個星期他們兄弟就沒睡過安穩覺。

鐘秀呼呼地抽著煙，煙燒到了盡頭，他看看手機時間，五點十分了，再過五十分鐘就有人來接班了。他吐出最後一口白煙，踩滅煙頭。

在煙頭熄滅的那一個眨眼的時間，鐘秀便感到背後有動靜，但他不及回身，就被那人疾如閃電的動作摜倒，額頭狠狠地撞上地面，立刻失去了意識。

也不知道過了多久，他才猛抽一口氣醒了，天色仍是一片濃黑。他跳起來，卻見地窖口已經露了出來，鎖頭打開了，他匆匆鑽下去，哪裡還有郭老七的蹤影！

鐘秀知道出大事了，急忙打電話給鐘英，「哥！不好了！有人救走了郭老七！」

「什麼?!」鐘英大驚，「什麼人做的?!往哪裡跑的?!」

「我，我被人打暈了，沒看見……」

「你這蠢貨就沒有一分鐘是有用的！」鐘英破口大罵，「人走了多久?!」

「沒多久沒多久！十分鐘！」鐘秀記得他掐滅煙頭的時候是五點十分，現在也不過五點二十分而已，「光是離開小鳳山就要十分鐘！他們跑不遠的！」

「你馬上叫人一起搜山！絕對不能讓郭老七跑了！」鐘英掛了鐘秀的電話便馬上打給孟棋山，孟棋山倒不太慌張，「他們就算離開而來小鳳山，這裡前不著村後不著店，沒有車子根本出不去。我現在就叫人設置路障，就說郭老七是通緝犯，守住所有的公路出入口，然後我們逐家逐戶搜。我就不信他們還能翻過小鳳山！」

「我們設路障沒問題，但如果救人的是李秩，我們沒理由攔他……」

「……你先搜著，我看看大宏他們那邊怎麼了。」孟棋山馬上播了大宏的電話，卻一直響到轉入語音信箱也沒人接。他又打了旅館的座機，總算有人接了，那是康妙珠的聲音，「康大姐！住你們那裡的人有離開過嗎？」

「沒有沒有，孟隊長吩咐的事情，我怎麼敢怠慢。一整晚都有人值班看著呢，都在！」康妙珠也是剛剛起床接另一個人的班，聲音有些迷糊。

「他們一直都在？妳怎麼確定的？」

「那個山寨偷聽器雖然品質很差，但是大聲點的對話還是能聽見的……」

「這大清早的他們就醒了，還在講話？」孟棋山心中警鈴大作，難道是為了誤導他們故意放的錄音？「妳找個藉口去他們房間看……」

「哎，這可不好去看啊！」康妙珠的聲音裡卻透著點奇怪的支支吾吾，「他們，那個，在做那回事……」

「啊？」孟棋山沒明白，「什麼意思？」

「就是他們兩個是彎的！現在正趁著早上精力旺盛在爽呢！」康妙珠乾脆敞開了說，「偷聽器裡聽到的，那喊聲哦，真是羞死人，這叫我怎麼去看！」

「呃……」孟棋山一愣，但稍一回想昨天李秩阻止他握徐遙的手，還有刻意把他護在身後的舉動，倒是覺得合理了起來，「好吧，那妳繼續盯著，別讓他們離開旅館……大宏怎麼不接電話了？」

「那小子昨天說累，把李秩送回來就去睡了，大概還沒醒吧。」康妙珠道，「孟隊長你放心，車鑰匙在我這裡呢，他們就算跑了，靠兩條腿，難道還能走到鎮上去？」

「大姐做事就是細心，我那裡沒一個比得上妳。」孟棋山誇獎一句，懸著的心放下了一點。既然李秩他們還在，那救走郭老七的人肯定是個躲在暗處的人，不然這悅麗農家觀光區裡，村民都是抬頭不見低頭見的，有陌生人的話他肯定會知道。既然那人不曾露面，自然不會躲進民居，用路障截斷他們離開的路，再仔細搜山，一定能把人找到！

孟棋山冷哼一聲「我看你跑哪裡去」，才從床上起來，親自去指揮逮人了。

「何隊長，你的線人還有氣嗎？」

李秩和何樂為架著昏迷的郭老七拖著腳步走，這個皮膚泥黃、面容乾瘦的中年男人彷彿已經斷了氣，李秩不禁擔憂起來，「他被關幾天了？」

「兩三天吧，看樣子受苦了。」何樂為餵了點水給郭老七，他的眼皮動了動，卻始終沒睜開眼，「你別看他這副模樣，他可是熬得過4T測試的老特務。」

「4T測試？」

「問你家徐老師去。」何樂為還有心思開玩笑，就表示他很相信現在的郭老七是安全的。

李秩加快步伐，把人帶到了小鳳山的山腳下，那裡停著一輛箱型車，正是昨天康大宏載李秩去買藥的那輛車，「幫他繫好安全帶，何隊長，你往悅城市區走反而遠，不知道他們的勢力範圍有多遠，要是在收費站把你攔下了就不妙了。我聯繫了隔壁鳳城警察局的隊長聶冰，他們已經在交界處的收費站等著你了，你往鳳城走，不到三公里就是了，他們應該追不上的。」

何樂為聽出了不對勁，「你不一起走?!」

「我得回去找徐遙啊！」李秩道，「他在旅館拖住他們，但肯定拖不到七點的，到時他們一進門發現我不在，肯定不會放過他的。」

「可你現在回去，不是羊入虎口嗎?!」

「那就要看你了，何隊長，」李秩笑笑，「我們會盡量拖延，等著你搬天兵神將來救援了。」

「……日落之前我一定回來！」何樂為知道此時爭執毫無意義，他鄭重地向李秩敬了個禮，便一秒都不敢耽擱，飛快地往鳳城方向駛去。

李秩看了看手表。希望一切如安排所料吧！

「這大除夕的，天還沒亮呢，就要設路障！真倒楣！」

「就是嘛，那郭老七看起來瑟瑟縮縮的，居然是個通緝犯？」

「別聊天了，趕緊幫忙吧！」

包括遊筱在內，悅麗區能動用的警力都被孟棋山召集過來一起設路障。他們把所有進出悅麗區的大小通道都封閉了起來，但除了一些回來探親的離鄉工作者，根本沒有車輛駛出去。一直守到了七點半，孟棋山不耐煩了，他打電話給帶人去搜山的鐘英，「你們那邊有發現什麼嗎？」

「沒有，小鳳山南麓全都搜過了，一個人也沒有，但是我們發現一間塌了半邊的老倉庫，裡面有人待過的痕跡，看起來沒走多久，」鐘英摸了摸那被抹去灰塵的生銹鐵門，揮手讓人散開搜索，「我們應該很快就能找到他們了。」

「這都過一個小時了，要搜到的話早就搜到了。」孟棋山他們長期盤踞小鳳山做非法軍火，對那裡的地形極其熟悉，有多少座地窖，多少間貯藏室，多少棟改建民房他心中有數，「不對勁，叫你弟聽電話，我要親自問問。」

「好。」鐘秀已經趕過來和他們會合了，鐘英把他扯過來聽電話。

讓人跑了的鐘秀很是心虛懼怕，結結巴巴地接過了電話，「孟、孟隊長……」

「你再說一次是怎麼把人弄丟的？」

「我昨晚值班，到快交班的時候出去抽了個根煙，然後有人偷襲我，把我打暈了，然後把地窖打開，把人救走了。但是我十分鐘以後就醒了，馬上就向你們彙報了。」

孟棋山疑道，「你怎麼那麼確定是十分鐘？」

「我抽完煙以後看了看時間，想看看還有多久才有人來接班，那時候是五點十分，接著我就被打暈了，醒來的時候再看手機是五點二十分，所以我很肯定！」

「……你手機顯示現在是幾點？」

「啊？」鐘秀第一時間看了看手上拿著的手機，「六點半啊。」

「我是說你自己的手機，不是鐘英的！」

「哦哦哦！」鐘秀趕緊掏出自己的手機，他按亮了螢幕，驚叫了一聲，「哎?!怎麼是六點?!」

「我們上當了！」孟棋山一腳踢倒了身旁的一個垃圾桶，朝話筒吼道，「開擴音！讓大家都過來！」

「是！」

鐘秀不敢怠慢，馬上叫人圍過來，孟棋山壓抑著對鐘秀這個拖後腿破口大罵的衝動，沉著氣說道：「我們上當了，他們把鐘秀打暈以後，還把他的手機調慢了三十分鐘，所以鐘秀打電話給我們的時候其實是五點四十分，他們已經走了半個小時了，很可能已經離開了悅麗區。」

對面的人頓時炸了，「那可怎麼辦?!我們現在逃嗎?!」

「從這裡回到永安區開車也要兩個多小時，他們應該還沒到，還有機會！」孟棋山咬牙，「還有一個人質在這裡。」

「哎，這大宏怎麼睡了那麼久？」

再遲緩的冬日也破出了一點天光，山裡霧氣濃重，牛奶白的天色籠罩著一片山林，非常幽靜。但農家人普遍起得早，康妙珠看了看時間，已經快七點半了，怎麼康大宏還沒起床？

康妙珠正想去看看，卻聽見樓梯上傳來一陣腳步聲，是徐遙慢悠悠地走下樓來了。

「早上好，徐老師，」聽到了早上那些聲響，康妙珠就不得不留意了一下他的步法。嘖嘖，都扶著腰了，比那些來這偏遠地方偷情的人還激烈啊，「你起這麼早，不多休息一會？」

「嗯，山區空氣好，適合早上走走，」徐遙道，「謝謝妳啊康大姐，昨天麻煩你們照顧我了。」

「哪裡的話，你現在身體沒有什麼不舒服了吧？」

「挺好的。對了，大姐，我可不可以出去散散步？」徐遙笑盈盈地讚道，「我在城市裡可沒見過這麼好的風景，我來的時候看到一片很美的梅花林，我想在那裡看日出應該很棒吧？」

「你想去梅花林？」康妙珠一愣，「那地方有點遠，你走到那裡早就過了日頭了。不然我把大宏叫起來，讓他送你去？」

「昨天已經麻煩他了，今天就讓他多休息一下吧。」徐遙一邊說已經一邊往門外走了，他刻意往前院走，引開康妙珠對已經不在後院的車子的注意，「我就當晨運，沒事沒事，妳去忙吧，我走一會！」

「徐老師！徐老師！」康妙珠一身居家服，出了門那清晨的山風一吹，凍得她渾身顫抖，但她還是努力地追在徐遙身後，「不然你等我一下，我陪你去吧！」

「天氣這麼冷，妳趕快回去吧，不用管我了！」徐遙加快了腳步，幾乎是小跑著離開，但他剛剛出圍牆，就被兩輛高大的休旅車擋住了去路。他的臉色一沉，暗暗叫苦。

「徐老師，怎麼出門也不帶上李警官啊？」孟棋山從車上跳下來，接著鐘英、鐘秀，還有兩個手下也冒了出來，把徐遙的各個方向都堵死了。

「哦，他昨天照顧我，比較累，現在還在睡呢。」徐遙四下打量，這情況看來是逃不掉了，「孟隊長這麼早過來，是想趕快破案吧？好，我們這就去現場看看吧！」

徐遙說著就要往外走，卻被鐘英擋住了，「徐老師，你怎麼說也沒有編制，還是帶上副隊長比較好。把他叫過來吧，我們好一起討論這個案子。」

「不是說了嘛，他累到了，得休息！」徐遙只能拖，他故意裝出曖昧的語氣，哼了一聲，「就你們那破案子，他願意過來就是給你們面子了，你們還吵他休息，別給臉不要臉啊！」

「是嗎，這累著的是李警官嗎？」孟棋山指了指耳朵，「怎麼我聽說，叫了一早上的人是徐老師呢？」

徐遙見他們直認不諱，肯定已經識破了那個小小的時間差詭計——POV寫作方式最常見的詭計就是通過多角色轉換視角，讓讀者以為這幾個故事都是同一個時間發生的，但實際上每個角色都不在同個時間點——如果那時直接把人打暈跑掉，他們並不知道這些人有沒有什麼每隔一段時間就要彙報的規定，所以他就玩了這個小把戲。這樣即使這些人發現他們跑了，仍然可以誤導他們何樂為的線人還在悅麗區，為他們爭取更多的逃脫時間。

但既然詭計被識破了，那演出者也只好鞠躬謝幕了。

徐遙笑了，他抬起頭來，那雙總是在迷濛和犀利之間徘徊的眼睛，此時明亮得如同要撕開密雲的陽光。他直直地和孟棋山對視，嘴角撇了一下，「既然你知道了，那也應該知道我不會叫他回來的。」

「以你們的關係，用得著叫嗎？」孟棋山打個手勢，他的兩個手下便上前去制住了徐遙的兩臂，從他的大衣口袋裡拿走了手機，「我們猜猜他會在響多少下以後接電話？」

「還我！」徐遙掙扎了起來，不只關於李秩，那手機裡還有他搜集的關於他父親案件的所有線索！

「怎麼，難不成有什麼豔照不能讓我們看的？」

眾人哈哈大笑，徐遙咬牙切齒，他知道李秩肯定會回來的，但是他也一定會把線人安全送出去。這群以為山高皇帝遠就可以胡作非為的人肯定會被捉的，可當這些人知道真的要接受法律制裁時，難道還會放過他們嗎？

徐遙已經快速在心裡盤算，他該用什麼樣的談判技巧才能讓自己還有李秩那個傻瓜全身而退。

百般念頭在心頭閃過也只是瞬息之間，他們仍然在取笑他們的性向，那笑聲讓他們忽略了一個細微的咻咻聲——但徐遙沒有，他的眼神一凜，猛地蹲到了地上。

眾人一愣，還沒搞清楚他怎麼忽然來這麼一下，卻見空中滑過幾個閃著火光的盒子，他們自然地抬頭看去，那些盒子「轟隆」一下炸開，他們慘叫一聲，捂著眼睛哀嚎。

鞭炮盒子飛散出來的煙霧讓眾人張不開眼，徐遙捂著口鼻，聽見了一聲「徐遙！」便循聲跑去。他瞇著眼睛什麼也看不見，只感覺到有人把他一把摟住，往身後一掄，他便已經到了一輛電動車上。車子立刻催動油門，衝出那重重煙霧，直奔最近的出口！

徐遙揉了揉眼睛，寒冷的山風刮在臉上如刀子一般，但李秩一點也不敢放慢速度，他扯著嗓子喊道：「金臨淵那小子沒讓你失望！他真的弄來了一輛車給我們！雖然只是電動車，哈哈！」

「你是從哪找來的鞭炮?!」徐遙也扯著嗓子問。

「軍工廠最好的掩護是什麼！」李秩道，「雖然不知道他們遷移到了哪裡，但舊址肯定在鼓陽坳！我找到了，那裡放著些煙火鞭炮作掩護，我就拿過來了！」

「……你怎麼這麼聰明！！！」這種在路上飛馳、還被人追殺在後的電影情節徹底點燃了他的浪漫情結，他恍惚間有一種就算這次真的和李秩死在一起也值得了的感覺，這讓他產生了得做些什麼迎合這場景的情緒，於是他便向著那廣袤的山林大吼，「李秩！！！你這個聰明的大傻瓜！！！」

「欸?!」李秩莫名其妙，但他被徐遙引得嗓子發癢，也不再顧忌那灌進口鼻的冷風，在這生死未蔔的關頭，迎著衝破濃雲的旭日，大聲喊出了壓抑已久的情緒，「徐遙——」

一個鼓足了勁的停頓後，一聲「我愛你！！！」響徹山野，滿目灰霾都成了金色，路邊的梅花林恍若大片大片的雲霞，像是被這句告白羞紅了臉。

徐遙什麼也沒說，他默默趴到李秩背上，抱緊了他。

在那讓人頭暈目眩的浪漫盡頭，赫然出現了重重路障。

「油條，你說這大冷天，我們守在這裡真能捉到郭老七嗎？」路障處有四個警員，帶隊的是遊筱，其他三人搓著凍得發白的手，看著前後都是茫茫山林的道路埋怨。

「我要是郭老七，就往小龍崗的山林一鑽，翻過山頭就到鳳城了，才不會走大路呢。」

「我們這裡雖然沒有崇山峻嶺，但山溝裡的羊腸小徑也是很危險的。在這種天氣進去，要是遇上一場山雨，只凍出個肺炎就算走運了。」埋怨的警員是新人，遊筱拍拍他的肩膀道，「你是沒見過，真的有不知道天高地厚的登山客凍死在山裡的，後來嚴令禁止和加強巡查，才比較好的。」

「全部人注意！」

警用對講機裡傳來孟棋山的聲音，「李秩和徐遙協助通緝犯郭老七逃跑，他們是黑警！守好關卡！務必把人攔下！」

「什麼?!」遊筱大驚，正想問怎麼回事，手臂便被同事捉住了搖晃，「油條！你看！是他們！」

孟棋山怕遊筱維護李秩，特意把他調到一條比較荒蕪、只有本地人才知道的小路去設路障，沒想到李秩跟徐遙為了躲避追趕，特意挑了小路，還真的讓遊筱撞上了。

「你們守好關卡，我去檢查！」遊筱把其他人推開，往前跑了一段路，向那輛電動車揮動雙臂，大喊，「停車！」

李秩還真的緩緩減速，徐遙詫異，「衝過去啊！他們很快會追上的！」

「這不是摩托車，電動車速度有限，而且還載著我們兩個，跑不了多遠就會被追上的。」

「那你停下來也……」徐遙探出頭去，扶了扶眼鏡，看清楚了那個攔截他們的人是遊筱，「你覺得他會幫我們嗎？」

「只能賭一賭了。」

「副隊長！」遊筱攔下李秩，滿臉憂色，「是不是有什麼誤會？你們怎麼會幫郭老七呢?!」

「油條，我現在很難跟你解釋，但我沒有做任何違反警察原則的事，你要相信我！」李秩深呼吸一口氣，「你不顧一切請我過來幫忙，難道不是因為你也隱約感覺到什麼不對勁嗎？」

遊筱神情複雜，「可是上頭吩咐……」

「你想想到底是上頭吩咐，還是孟棋山吩咐？」李秩道，「郭老七到底是不是通緝犯，你上系統一查就知道了。」

「遊所長，」徐遙也開口道，「我們才來一天，這麼偏遠的地方忽然就又是通緝犯又是逃犯的，你不覺得奇怪嗎？」

「無論多奇怪，警察局交代的任務，我們都必須協助！」遊筱陷入了兩難，他相信李秩，但是孟棋山是他的表弟跟上級，他不能違反命令，「不然你們跟我回派出所，也算是把你們關押了起來。我保證他們不能傷害你們……」

「……」李秩皺著眉頭沉思，這能行得通嗎？

「好，就這麼說定了，你們跟我回去，不要再想著跑進山林裡躲避了。」遊筱卻沒有理會李秩的反應，自顧自地轉過身去，碎念著緩緩走回路障那邊去，「雖然一直往北走就能到鳳城，但是很容易迷路的，你們還是不要想太多了，快跟我回去吧。喂，下車跟我走啊，還發呆幹什麼？」

徐遙推了李秩一把，李秩才反應過來，他跳下車去，快步上前，裝模作樣地往遊筱肩上一敲，遊筱哼也沒哼一聲就「暈倒」了。李秩拿走了他掉在地上的對講機，拉著徐遙衝進路邊的梅花林裡，往山林的北面逃去了。

「他們打暈了你就跑了？」

大概過了二十分鐘，孟棋山等人趕到了梅花林隘口的路障，他們對遊筱的說辭頗有疑惑，「他們往哪個方向跑的？」

「我當時大意了，被襲擊的時候馬上就失去了意識，沒看到他們往哪裡跑。」遊筱抬了抬下巴，指向三個同事，「你們問問他們有沒有看見？」

「我們看到他們從後偷襲油條，馬上就去追了，但他們跑進了梅花林裡，遮擋太多，跟丟了。」大伙兒都沒說出遊筱故意拉開一段距離攔截的事。

「……油條，你休息一下，其他人跟我們一起搜山！無論如何要把他們找到！」

孟棋山懷疑遊筱放走他們，但也沒有挑明，只是隔離了他，便開始搜山。遊筱在孟棋山的一個手下護送下回到了家中，待那人走了，他便抄捷徑——一條半坍塌的青磚路——往北面山林跑去。

日頭越升越高，山裡的霧氣逐漸消散，陽光映照下的梅花林甚是美麗，但是對於擇路而奔的李秩和徐遙來說，這樣明媚光亮的好天氣可幫了倒忙。他們本就不熟悉地形，只能一路往北面跑，途中經常冒出乾涸的水道或隆起的田埂，不留神就會被絆倒。兩人跑了半天，那茫茫的梅花林已經在身後消失了，但那茫茫的山林依舊接天連地，他們怎麼跑，都像是原地打轉，走不到盡頭。

「等、等一下……」徐遙上氣不接下氣，他彎著腰喘咳，看看時間，他們已經跑了半個小時了，「我跑不動了……真的……不行了……」

「他們有車，而且熟悉地形，我們堅持一下吧！」李秩試圖用手機定位，但這廣袤的山林在手機地圖上就是一塊三角形的藍色，小箭頭搖擺不定，指示不出來個東南西北，他拖拽了一下比例尺，「你看，還差幾公里而已，我們堅持一下！」

「不，不是……」徐遙咳嗽著喘順了氣，「我覺得他們會猜到，我們想逃向鳳城……那他們開車到鳳城的交界處就能攔住我們了，我們跑過去也是自投羅網……」

「但我們不走，也會被他們搜到的。」李秩看了看對講機，從二十分鐘前，對講機裡就沒有傳來任何聲音了，肯定是孟棋山已經知道他們逃進了山林，所以換了頻道，「我們得躲一下，何隊長說他會盡快帶人過來，我們拖三四個小時應該就安全了。」

「他們對這裡這麼熟悉，用不了三四個小時就能把我們捉住，到時殺人滅口，再栽贓何隊長才是非法軍工廠的幕後主使。他們經營了這麼久，要弄些假證據不是難事。」徐遙注意到對講器上的一個新鮮的刮痕，像個小小的「√」號，「這是什麼？」

「嗯？」李秩端詳了一下，「應該是遊筱摔倒時弄的刮痕？」

「……不對，是羅馬數字五！」徐遙捉住李秩的手，「你們警用頻道有五號頻道嗎？」

「有，一般是跨境合作的時候才會用到，那個頻道的覆蓋範圍最遠。」李秩一邊說一邊把頻道調到五，不一會，就傳來了沙沙的聲音，他按了通話鍵，試探道，「油條？」

「副隊長，你們現在在哪裡？能看見梅花林裡的一座木風車嗎？」對面果然傳來了遊筱的聲音，聽起來他也在趕路，「往那個風車的方向跑，那裡有一個很破舊的小木屋，你們可以去躲一下。」

「他們不會找到那裡嗎？」

「那是以前梅子成熟的時候，摘梅子的果農休息的茶寮，近年來已經沒人種果梅了，全都種了花梅，那木屋應該已經被忘記了，」遊筱道，「副隊長，這個時候你就別懷疑我了，他們已經進山了，肯定都往北面收攏，你們再不轉移方向就要被包抄了。」

「油條，謝謝你相信我。」李秩不是不想打電話求救，但他的手機信號早就被屏蔽了，他只能相信遊筱，「再幫我一個忙，給悅城永安區警察局的張藍隊長打個電話，說李秩跟徐遙需要他幫忙，讓他盡快聯繫鳳城的聶冰隊長。但是得躲著你那表弟，不然你也會有危險，拜託你了！」

「我知道了，你們小心，我馬上去。」遊筱雖然答應了，但是他的手機現在肯定也被監聽了，他要怎麼辦呢？

「遊所長。」卻聽見一個少年的聲音在背後響起，遊筱一回頭就看見金臨淵站在他身後，拿著手機玩遊戲，「我家的電動車被偷了，找你報個案。」

「……小金，把電話借我一下！」

李秩和徐遙折回那片梅花林，那座大風車甚是顯眼，他們很容易就找到了那間木屋。木屋經年失修，只剩下個框架了，李秩掃了掃地上的灰塵，扶徐遙坐下，「腳給我吧。」

徐遙一愣，「幹什麼？」

「你剛剛不是拐了一下嗎？」李秩說著，就握著他的腳腕擱到自己腿上，他捲起他的褲腳，拉下襪子，輕輕轉了兩圈，「痛嗎？」

「不痛，但有點卡卡的。」李秩的手指有些涼，觸到皮膚上冰冰的，徐遙縮了縮腳，「沒扭到，沒事的。」

「我找找有沒有適合當柺杖的樹枝。」李秩點點頭，便到屋外的梅林去，他不敢走遠，徐遙從角落的破窗裡還能看見他那忽高忽低的頭頂。

只要看到李秩還在身邊，徐遙就不覺得害怕了。他揉了揉腳踝，打量著木屋。這裡曾經是果農活動的地方，還有幾個破竹簍和一些看不出用途的破農具，徐遙想著能不能找兩個當武器，可是一碰就碎了，只能作罷。

「徐遙！」李秩突然從窗外喊道，「你過來看看！」

「怎麼了？」徐遙來到屋後，只見李秩拿著一根樹枝，在戳挖屋旁的方形石塊，「你挖石頭幹嘛？」

「這不是一般的石頭。」李秩讓開了一點，卻見那一截露出來的石塊有半米寬，光滑的表面像是一塊石碑，李秩摸了摸上面的泥土，隱隱露出一個「奠」字的上半部，「這也不是一間普通的房子，普通的農房怎麼還會弄奠基石？」

「……嗯。」徐遙蹲下來，撿了段樹枝和李秩一起挖。

附近少有人行，土質鬆軟，不一會，那塊斷了三分之二的奠基石便露出了全貌，上面的紅色朱砂題字已經褪色了，但鐫刻的直排文字依舊清楚，大字書寫著「一九九零年八月 悦城農科院實驗基地 奠基」。

「這以前有個農科院實驗基地嗎？我怎麼不知道？」李秩算是土生土長的悦城

人，但他從來沒聽說過這個實驗基地。

「一九九零年你才幾歲，不知道很正常。」徐遙拍拍手上的灰塵，「我們進屋歇會兒吧，不然待會跑都沒力氣跑。」

「嗯。」李秩點點頭，跟徐遙一起回屋，但他還是再回頭看了一眼，另外三分之二的石碑上，會不會寫著什麼東西呢？

「隊長，搜了那麼久也沒見到人，會不會是油條騙我們？」在山林裡搜索多時，依舊沒有見到人影，鐘英開始擔心，「這都快十點了，他們不可能比我們更熟悉這裡，怎麼會連一點蛛絲馬跡都沒有呢？」

孟棋山也越來越起疑，他打了電話給那個送遊筱回家的手下，「譚子，油條現在在哪裡？」

「他在家待著呢。」

「一直沒離開？」

「沒有，我一刻都沒挪開眼呢。」

「電話訊號呢？」

「他沒打過電話，室內電話也沒有。」

「……你繼續盯著，我過去一下。」

譚子躲在車裡盯梢，但遊筱是從後門走的，借了金臨淵的電話聯絡了張藍以後，又回到屋子裡。他還特意走到陽臺上抽了根煙，譚子完全沒發現他出去過。但孟棋山覺得這個時候遊筱居然乖乖待在家裡，沒有為李秩走動打探，才是最不合理的，他讓其他人繼續搜索，隻身來到遊筱的家門前。

「油條！油條！」

「來了！哎？你怎麼過來了？」遊筱打開門，一副驚訝的模樣，「捉到通緝犯了？」

「正想找你提供線索。」孟棋山一步跨入，譚子也跟著進門——但他馬上把門關上了，「油條，我們一家人不說兩家話，你不是一直想進警察局嗎？告訴我李秩到底跑哪去了，我馬上幫你寫推薦。」

「你這說的是什麼話，我哪知道李秩去了哪……喝！」遊筱打著哈哈，譚子卻一步上前把他的雙臂反剪在背後，孟棋山用力把他按到椅背上，拷上了手銬，「孟棋山！你幹什麼！」

「李秩去哪了？」孟棋山活動著手腕手指。

「……李秩他到底做了什麼，你這麼急著找他？」遊筱深呼吸一口氣，「郭老七也不是通緝犯吧？到底他們都做了什麼？」

「你就是這點不好，總是要小聰明！」話音未落，孟棋山便往遊筱肚子上砸了一拳，「他們在哪！」

遊筱齜牙咧嘴地扯開了個不屑的笑，「就這麼點力氣？我國中打架都比這狠……」照面又是一拳，遊筱的鼻樑被砸出了血，「那個女人的屍骨跟你們有什麼關係！」

到現在遊筱還誤會他是和那個無名女屍的案件有關才會下黑手，孟棋山不禁覺得好笑，「李秩連發生什麼事都沒告訴你，他根本就不相信你，你幹嘛要這麼維護他！」

「他不告訴我很正常，因為我給他留下的印象就不是一個稱職的警察。」遊筱吐了一口口水，「而且把你搞死了，我一樣能進警察局！」

孟棋山抓起茶几上的杯子砰地砸碎在遊筱頭上，汩汩鮮血湧出。遊筱眼冒金星，氣都還沒喘過來，迎面又是一陣拳打腳踢。他口鼻流血，肚腸翻滾，胃裡酸水都往上翻，連人帶椅倒在地上後，頭髮被揪了起來，「表伯就你一個兒子，你幹嘛要這麼多管閒事呢？好好當你的遊所長不行?!」

「多管閒事，哈哈，閒事好啊，閒事才該有人管。」遊筱忽然哈哈大笑，他側躺在地上，手銬勒得他手腕生痛，但他一點也不難受。

最讓他難受的是該管的閒事他沒管上。

又一記拳頭扎實地落在臉上，遊筱鼻青臉腫，滿臉是血，吭都吭不出聲就暈了過去。譚子搧了他兩耳光，才對孟棋山道：「真的暈過去了。」

「呸！」孟棋山氣憤地把遊筱踢到一邊。他知道就算把他潑醒繼續逼問，他也不會說出李秩的下落，而鐘英那邊還是沒有任何消息。

孟棋山開始慌了，要是他們真的已經逃到了鳳城，聯繫上悅城市立警察局，那麼兩個小時以後，他們就是甕中之鱉，只能束手就擒了。

事到如今，只有殺了他們滅口，才能死無對證，他還能反咬一口是郭老七在經營軍工廠，也是他殺了那兩個追查到他的警察，他們最多就是被記過檢討，不會有牢獄之災的。

狠心已決，孟棋山再無顧忌，一邊搜遊筱的身，看能否找到什麼證據，一邊打開對講機聯繫鐘英。

但在他打開對講機時，「嘰」的一聲尖銳噪音差點刺破他的耳膜。他伸直手臂把對講機移開，翻開遊筱的外套，果然在最裡層發現了另一部警用對講機。

對講機的頻道定在五號。

「鐘英，把對講機頻道調到五號，讓技術人員鎖定訊號！」

時近正午，躲藏在梅林木屋裡的兩人逐漸感覺到饑餓和睏倦，李秩在附近找到了一個從前澆灌用的水龍頭，但是年久失修，流出來的都是泥水，也不敢喝，只能靠意志力乾忍。

徐遙看了看時間，「我想我們該轉移地方了，他們發現北面找不到我們，一定會擴大搜索範圍的。」

李秩提議，「我們對這裡不熟悉，貿然出去很危險，先問一下遊筱？」

徐遙覺得也有道理，便點頭了。李秩按下了通話鍵，「油條，現在外面什麼情況？」

過了一會，對面傳來了回覆，卻不是說話聲，而是一下一下有節奏的「篤篤」聲，像是用手指敲擊對講機外殼發出的，兩人聽了一段，都知道那是摩斯密碼，對應過來是「梅花林隘口西邊五百米」。

徐遙皺眉，李秩道，「你先在這裡等，我去看一下。」

「不行！」徐遙拉住他的手臂，「他不說話，這代表他現在處於被監控的情況，還有可能剛剛打暗號的就不是遊筱。無論是哪一種情況，都表示孟棋山已經對遊筱起疑了，不能再聽他的了！」

「我知道這可能是陷阱，所以才更要去確認他的安全。」李秩搭著徐遙的手，「我不會逞英雄的，我只是去看一眼。他們沒有時間也沒有人手做精密布控，我小心一點，他們不會發現我的。」

「那要是你看到遊筱被他們架在了刀口上呢？」徐遙沒好氣道，「我可不信你還是只會看看！」

「啊？」李秩以為徐遙要阻止他，卻不想他拉著他就往外走。

「走了！發什麼呆！」徐遙拽了拽他，「反正都是以小搏大，兩個人總比一個人好應變吧？」

「徐遙，平時都是我聽你的，但這次你得聽我的。」李秩的語氣鄭重嚴肅，「推理是你的強項，但現場的變數很多……」

「你想讓我別拖後腿是吧？」徐遙皺眉，「我的身手是沒有你好，但……」

「我是說，你到時候一定要聽我指揮，不能輕舉妄動。」李秩握住他的手，竟沒有視他為負累，「你在美國學的行動手勢跟我們略有不同，你看好了，待會不能說話，就靠手勢了。」

「……好！」

「隊長，他們真的會來嗎？」

在距離梅花林隘口西邊五百米的地方，有一個臨時警亭，本來是在旅遊旺季時的治安哨崗，現在孟棋山撤走了派出所的人，只留下那些跟軍工廠有關的親信。他們把昏迷的遊筱五花大綁，安置在警亭裡，又分了三個定點埋伏，只留下鐘英鐘秀兩個人守著哨崗。鐘英看著已經晒到頭頂的太陽，又看看鮮有人跡的梅林小徑，有些擔心。

「如果他猜不到，以為還是遊筱在給他放水，他自然會來；但就算他猜到了是陷阱所以不來，那他們就一定會馬上轉移位置，離開那個我們怎麼都搜不到的安全地點以後，就更好捉了。」孟棋山躲在警亭斜後方的一叢矮樹後，他這個位置能將警亭前後左右都納入眼底，是最佳的指揮地點，「耐心點，他們過來的時間越長，代表他們的體力消耗越大。」

「哥！有人！」鐘秀忽然捉住鐘英的手，指著前方一個朦朧的陰影，「來了！」

「噓！躲起來！」

鐘英連忙拉著鐘秀躲到停泊在警亭旁邊的警車車尾後，透過後視鏡觀察前方來人。只見那個逐漸靠近的人影高大挺拔，一看就知道是李秩，但他的影子卻比平時更長——他的背上背著一個人，那人頭顱低垂，外套上的兜帽蓋到前方，遮住了臉容，但可以看到那人腿上受了傷，浸紅了一片，大概是徐遙在逃亡中被什麼陷阱弄傷了，李秩才會背著他趕來。

「徐遙受傷了。」鐘英向孟棋山彙報，「我們抓人還是？」

「先看看他有什麼反應。」

孟棋山按兵不動，而李秩也慢慢逼近了。鐘英鐘秀兩人擠到了後方，怕被他發現，但李秩似乎沒看出異樣，他來到警亭前，往裡張望，被藏在桌子下的遊筱在他的視線死角，他看不見什麼，便把徐遙放了下來。

徐遙大概是腳上傷得不輕，腳一沾地就靠到了警車上。他一手撐著車子挪了挪姿勢，半靠在車上道：「油條是怎麼回事，把我們叫到這邊幹什麼？這裡什麼遮蔽也沒有啊。」

「我想他是想讓我們逃走吧，你看，車都幫我們備好了。」李秩想拉開車門，卻被徐遙阻止了，「別大意，也有可能這車做了手腳……誰！」

徐遙忽然大喊，鐘秀嚇得一哆嗦，蹲在地上的姿勢維持不住，「哎呀」一下跌到了地上。鐘英見反正暴露了，乾脆站了起來，「徐老師果然是專家啊，沒錯，這就是個陷阱，但你們都來了，還能怎樣？」

話音未落，四周便響起了窸窸窣窣的聲音，影影綽綽地彷彿有幾十人的埋伏，李秩冷笑一聲，「對啊，我來都來了，你也不想想我怎麼敢來？」

鐘英警惕了起來，但藍牙耳機裡傳來孟棋山「沒發現支援，他在唬你」的肯定，他稍稍放鬆了一點，「副隊長，你就那麼肯定郭老七沒變節？你沒發現他這年消瘦得厲害嗎？他早就染了毒癮，為了把你坑進來，才跟我們一起演了這齣綁架人質的戲。」

鐘英的說法其實很有迷惑性，但他並不知道這其中還有一個何樂為，郭老七要是變節也出賣不到他李秩的頭上，但他還是裝出了疑慮，「不是任何人都跟你們一樣唯利是圖，他很快就會帶著支援過來，就算你們殺了我，他手上握有的證據仍然足夠把你們繩之於法！」

聽到郭老七手上有證據，孟棋山暗罵一聲，他放棄了遠端指揮，從樹後走出來，也揮了揮手，讓其他埋伏的人一併驅前，把李秩和徐遙團團圍住，「副隊長，我還以為你是看在油條的份上來幫忙的，原來竟然是要送我們上路的，這就不能怪我們主不隨客便了！」

眼看那些人要上來捉人，徐遙忽然大喊：「都退後！」

「嗯？」

眾人一愣，剛剛大家都緊張地看著李秩，忽略了一旁的徐遙，這下一回頭，卻是看見他已經把油箱蓋轉開了，地上一灘汽油，像是弄斷了油管，而他手上還舉著一支點燃的打火機！

圍上來的人並不多，只有六個人，他們都停頓了一下，看向孟棋山。

孟棋山仍然很沉著，「你要是引爆了，首先死的肯定是你們。」

「但我們不怕死，你們怕。」李秩道，「我敢來，是因為我早就做好了因公殉職的準備。但你們呢？非法軍工廠賺了那麼多錢，你們捨得死嗎？」

悅麗區不是什麼重要的區域，就算有配槍，也沒有經驗老到的狙擊手，要是一槍打過去沒打中徐遙，子彈激起火花掉落到汽油上更是不妙，孟棋山只能讓眾人退後幾步，試圖和李秩談判。

「既然你們想到這種把戲，就是猜到了油條在我手上。可你們還是跑過來了，不就是想救他嗎？」孟棋山做個手勢，手下從警亭裡把遊筱拽了出來，他那一臉的鼻青臉腫，一看就是受苦了，「人我可以給你們，但是給你們又怎樣，你們沒有車，跑得了嗎？」

「不試試又怎麼知道？」李秩做個「解開」的手勢，孟棋山只能讓人把遊筱鬆了綁，往李秩面前一推，遊筱便往前滾了兩圈，也沒什麼動靜，不知是死是活。

李秩跑過去把他扶起，一邊把他晃醒。遊筱睜開只能露出一條縫的眼睛，囁嚅著說了句「副隊長」，李秩見他還有意識，便把他塞進了警車後座，快速地鑽到了駕駛座。徐遙晃了兩下打火機，搖曳動盪的火焰，連孟棋山都不禁退後了一大步，徐遙也趁這機會衝進了已經發動的警車，車子一刻也沒耽誤，呼嘯而去。

鐘秀驚訝道：「他們真的不要命啊！那車漏油啊！」

「……呸！這不是油！」孟棋山上前兩步，摸了摸剛剛在油箱位置下那灘液體，卻是一灘泥水，只不過混了一點汽油，而車底下的位置躺著兩個溼答答的安全套，看來徐遙就是用這安全套裝了些泥水，又趁亂吸了點警車的油魚目混珠，而最讓他氣結的是，那還是從大宏家的旅館裡拿的安全套！

「馬上給我追！不能讓他們活著離開！」

遊筱還沒完全明白過來發生了什麼就被塞到了後座上，車子快速前行，差點把他顛了下來。他趴在後座上，慢慢撐坐起來，睜著血腫的眼睛，隱隱看清了前頭的是李秩和徐遙。他驚叫：「副隊長！你們怎麼?!」

「別說廢話！怎麼走最快到鳳城?!」梅花林隘口衝出去以後有三條分岔路，李秩大聲問遊筱。

遊筱卻道，「不行，這都不是往鳳城的路！要到鳳城得往後退，回到環形島去才能到悅鳳公路！」

現在掉頭就是自投羅網，李秩猛一拍方向盤，指向路邊那些滿是乾草的廢地，「你不是說往北走就是嗎？那從這裡切過去行不行?!」

「什麼?!切過去?!」遊筱大驚，「不行！就算你衝過去了，對面的路肩很高！警車底盤低，衝不上去的！」

「……李秩，別想太多了，他們追上來了！」徐遙把手搭到李秩握著方向盤的手上握了握，「在現場你才是專家！相信你自己的判斷！」

「……坐穩了！」李秩深呼吸一口氣，猛踩油門急打方向盤，車子箭也似地直衝到路邊的荒地，碾壓著滿地的枯草乾泥，直奔向那條直線距離只有五公里的悅鳳公路。

「隊長！他們！」鐘英看著那輛車衝下馬路，訝異極了，「他們該不會是想這麼切過去悅鳳公路吧?!」

「現在掉頭到那邊去堵時間不夠，我們跟上！」孟棋山道，「悅鳳公路那麼高的路肩，還有護欄，他們衝不上去的！我們追上去，到路肩下堵他們！」

多虧現在是乾冷的冬季，沒有雨水，儘管荒地坑坑窪窪，但沒有吸住輪胎，還不算難走，李秩全神貫注踩滿油門往對面馬路衝去，那堵路肩逐漸清晰起來，儘管有三四米高，但還有大約六十度的坡度可以衝上去。

問題在於頂上那些防護欄，那不是一般的鐵馬，而是實在的兩米長一米寬的水泥大塊頭，就算衝上了馬路，也不見得能完全撞開那些水泥護欄，但如果他們下車爬上去，那距離鳳城仍然有十幾公里，足夠孟棋山他們繞公路追上來了。

但李秩只是猶豫了一下，就調整好了車子的方向，他深呼吸一口氣，放開煞車便衝了過去，徐遙和遊筱都捉緊了車內的配件，車子飆上斜坡。驟然抬起的車身讓他們手心都出了汗，眼見車子就要迎頭撞上那水泥護欄，李秩卻猛打方向盤，一個凌空的漂移，甩過去的車尾轟一下在水泥上撞開了一個缺口，李秩猛一倒車，車子準確無誤地從那缺口處嗖地插了進去，車子四輪都在公路路面著地時，輪胎都磨出了淡淡的煙氣。

徐遙目定口呆，這恍如電影橋段裡才有的特技，要不是親身經歷他簡直無法相信。他瞪大眼睛轉過頭去看李秩，但李秩的精神高度緊張，根本沒注意徐遙看他的眼神，車子還沒停穩他就直接打了個幾乎成半圓形的拐彎，往鳳城的方向飛快駛去！

「他們應該追不上了！副隊長，你可以慢點……」遊筱也才從那驚險中回過神，他本就傷得不輕，這一路飆車讓他有點想吐。

「不能慢！我們把護欄撞開了，他們也能衝上來的！」李秩留意著荒草地上追在他們身後的幾輛汽車，顯然是孟棋山他們，他們看見李秩撞破護欄後，紛紛踩死油門衝了上來，「油條，還有多久到鳳城！」

「十公里！很快就到收費站了！」遊筱卻沒見一點輕鬆，他才想起了一個問題，「但途中有一個加油站，是、是孟棋山的人守著的！」

「在加油站他們不能開槍，我們衝過去就行！」

徐遙還不是很熟悉實戰，李秩卻馬上明白了遊筱的擔憂，「他們一定會放上排釘路障，我們沒辦法衝過去的！」

「小心！」

說時遲那時快，兩行排釘路障就出現在了面前，李秩急忙打了個彎，車子擦著路肩停下。地上那兩排粗長的鋼針，別說是汽車輪胎，就連越野車輪胎也能扎破。

李秩咒罵一聲，正要下車去撤掉那兩排鋼針，遊筱已經一推車門跳了下去。他看見孟棋山的車子直逼過來，心想他們一定不敢開槍，便大著膽子去撤路障。排釘路障以伸縮彈簧鍊成一體，找到一個節點便嗖地縮回一米，遊筱正要按第二個節點，腿上卻一陣劇痛，竟然是一支弩箭穿透了他的小腿！

「遊筱！」李秩剛打開車門，玻璃便被震碎了——又是另一支弩箭！

雖然弓弩屬於管制物品，但總比槍要好到手好處理。沒有槍聲惹人注意，殺傷力也不遑多讓，想必平日裡孟棋山他們都用弓弩代替手槍對付人。李秩縮到了車門後，遊筱咬著牙朝他大喊：「回去！」

「油條！上車！」

遊筱卻扭頭就往排釘的另一端跑去，只要他按下那個節點，排釘再縮回了一米，兩米寬的缺口就足夠警車開過去了！

但另一支弩箭「噗」一聲插進了遊筱背後，他撲倒在地上，他流了很多血，已經快要感覺不到自己的手指了。

「油條！」李秩想衝下去，徐遙撲過去把他壓下去，一支弩箭從徐遙頸脖邊擦過，凶險萬分，「趴下！」

「……你們一定要衝過去！」遊筱咬緊牙根，伸長手去拍下了節點，排釘回收，徐遙把李秩扯回了車裡，岔過一條腿去踩下油門，歪歪扭扭地衝過了加油站，往鳳城收費站駛去。

遊筱看著遠去的車子，終於舒了口氣，最後一點力氣也卸下了，在那些人把他拽起來之前，他閉上了眼。

李秩握著方向盤控制車子前行，他臉上有好幾道碎玻璃劃出來的傷口，淌著稀薄的血，徐遙想幫他擦一下，卻被李秩揮手撥開了。

徐遙愣了一下，他收回手，沉默地坐著。他知道他的脾氣，他知道他生氣了，他也知道讓他拋下遊筱逃走，比讓他殉職更難受。

「但是，我不想死。」

他輕輕地說了一句話，李秩卻像被大錘子砸了一下頭。他轉過頭去，徐遙垂著頭，滿臉都是灰塵，他頸脖上有一抹紅色的血痕，不知道他是沒發現還是沒顧上，連擦也沒擦一下。

李秩眼眶一熱，難過得眼淚都湧了出來。他無法控制地哭了起來，但他在開車，只能用手奮力擦眼淚，直擦得兩眼眼皮發紅。

徐遙說的是，我不想死。

但他卻在弩箭襲來時撲在他身上，但他卻連自己的傷都顧不上就來照顧他的。如果徐遙說他這樣做是不想讓他死，這樣「為你好」的說法，會讓李秩積壓在心裡的壓力無處宣洩，所以徐遙說是他自己不想死，是他的自私害了遊筱，讓他把這憤恨轉移到他身上，對他吼也好罵也好，起碼能把壓力釋放出來。

但，李秩是徐遙最好的讀者啊，他的一個標點符號，他都能看出背後的意義。

被追殺到生死關頭，繃緊了的神經終於在夾雜著難過與感激的情感下鬆弛了下去，李秩的哭泣是他對自己能力的弱小而悲痛的無能為力。

傷痕累累的警車越開越慢，最終完全停了下來。兩人都愣了，李秩一看油表，原來在撞擊水泥護欄時油箱已經裂了，一直在漏油，只是車頭在上風處，才沒有聞到汽油味。

難道，他們真的就在這裡game over了嗎？

車窗玻璃已經被弩箭擊碎，這條偏僻的山林公路，除了冷風刮過山林的響動，沒有一點聲音，就連孟棋山追趕他們的聲音也沒有。

李秩呆住了，他忽然激動得猛按了幾下喇叭，徐遙以為他是刺激過度，卻沒想到前方同樣響起了幾下喇叭聲，接著，便是微弱卻熟悉的警笛聲。自遠而近，不只一個警笛的鳴叫，像高奏凱歌歡迎他們一般，從前方鳳城的方向傳來。

「李秩！李秩！」警車上的頻道第一次傳來聲音，「我是何樂為！是你請回答！」

李秩卻一個「是」字都說不出，趴在方向盤上放聲痛哭。徐遙抓起對講機說了句「是！我們就在前面！」便扔開了，他攬住他的背，一下一下地輕拍。

「沒事了，已經沒事了，油條會沒事的，他一定沒事的……」

遊筱被何樂為找到的時候還有一口氣在，當下顧不得轄區不轄區的問題了，直接送到了最近的鳳城市醫院。李秩卻要回悅城市立警察局去述職，他擔憂遊筱的傷勢，想要等遊筱醒來再回去。徐遙抱了抱他，像安慰一隻大狗一樣摸著他的髮尾說了句「有我在」，李秩才跟張藍回悅城市區去了。

路上，李秩雙手抱胸一言不發，張藍拍拍他的肩膀，「我聽聶冰說，鳳城市醫院裡那些為大人物看病的教授醫生全都回去幫油條會診了。專業人做專業事，我們應該相信醫生，也應該相信油條。」

「……隊長，孟棋山他們呢，全捉住了吧？」李秩深深地嘆了口氣，甩甩頭逼自己分散思維，不再想遊筱中箭倒地的畫面。

「大概是看見你們已經越過了鳳城的界線，知道無力回天了，早就調頭逃跑了。有兩個敗在貪心，還想回家去拿錢，被何隊長當場逮住了。孟棋山和他的副手可顯眼了，換了輛小貨車裝成農民想混蒙過關，被我堵在了半路。何隊長交代的人，一個也沒少，全逮捕歸案了。」張藍露出欣慰的笑容，「你們這次不容易啊，單槍匹馬地幹掉了一窩耗子，局長一定重重有賞！」

李秩卻還是嘆氣，「不罰就算好的了，還獎勵？我可是偷偷跑到別的轄區去攪和啊。」

「你放心吧，何隊長力保你們……」張藍說著，眉頭了起來，「不對，這徐遙怎麼也參一腳了？何隊長說是油條向你請求幫助的，他以為徐遙是作為顧問一起來的；但是明明你在放假，你這性格也不可能自己把徐遙拉下水啊？」

「……就，就是他恰好知道了，要跟著來……」李秩一愣，這兩天發生的事情太驚險了，他都忘了不到四十八小時前他還和徐遙窩在家裡的沙發上看電視，那一點耳鬢廝磨的味道讓他結巴了起來，「先不說這個！局長其實就是擔心林森利用徐遙，影響案件，為他建立心理研究組帶風向。但現在徐遙和林森已經鬧翻了，他不可能幫助他的。」

「就怕最後不是誰幫誰的問題了。」張藍沉吟一下，勸自己放寬心，「你這傢伙放假就不要到處跑了，有時間還不如幫我陪陪嫂子，省得你闖禍！」

「好啊，那我就可以天天喝奶茶了！」

「……你可真好養。」

一路上，張藍讓李秩說了一遍來龍去脈，本來李秩還想到向千山跟前再一口氣彙報，但張藍問了幾個問題後，李秩就明白了，張藍是在幫他練習應對。危急之時所做的舉動有時連自己都無法解釋，李秩又耿直，不太會拐彎，張藍陪他練習一遍，以免在市立警察局的長官面前遇到什麼棘手的問題，不好作答。

也多虧張藍陪著練習了一次，李秩才比較順利地完成了述職彙報——這次的案件牽涉的不只悅城，是一個涉及非法軍火的嚴重問題，除了向千山，市立警察局及市政府都派了監察員參加，他們對李秩的彙報提出了很多問題，李秩都如實作答——除了讓金臨淵帶路跟準備車這段小插曲。張藍和徐遙都認為最好不要把他牽扯進來。

時間一分一秒過去，結束時，一個女性監察員對李秩說：「辛苦你了，李警官，接下來請你暫時留在永安區，等候後續安排。」

「是！長官！」李秩起身，立正敬禮

「還有……」年紀大概只比李泓小一點的女監察員展開一個寬慰的笑，「新年快樂。」

「……新年快樂。」李秩扭頭看向窗外，天色已經成了深藍色。

大年三十，應該闔家團圓的除夕夜，到了。

「報告長官！我有一個申請！」

遊筱睜開眼睛時，渾濁的眼球足足轉了三十秒，才逐漸聚了焦。他循著在耳邊叫喚他的聲音轉過頭去，卻被人一下扶住，不讓他動彈。

「油條，沒事了，孟棋山他們已經被逮捕了，你安心休息。」在旁邊叫他的人是徐遙，他扶著他的頭讓他躺好，油條眨了眨眼睛，發出一聲疑惑的「啊？」。

徐遙知道他意識清醒了，便坐在床邊跟他交代道，「多虧你叫的支援，我們都得救了。」

「啊……」遊筱長長地舒了口氣，緊繃的神經鬆弛下來，他才開始覺得渾身都痛，「好痛……我，我以後還能走路嗎？」

「那支箭雖然穿過了你的腿，但是沒有截斷筋腱，也沒有傷到神經，好好休息，一兩個月就好了。」徐遙一邊安慰他一邊按鈴叫醫生，「你背上中的那箭比較嚴重，差點就把你的肺射穿了。醫生讓你臥床兩週，你千萬不要亂動。」

「嗯……」遊筱一聽，馬上放軟了手腳躺著，只有一雙眼睛還在滴溜溜地轉，「徐老師，副隊長呢？他不會、不會出事了吧？」

「他好著呢，到市立警察局去述職了。」徐遙真是服了，這粉絲思維還真是到哪都一樣，自己都動彈不得了還在關心偶像的生死，「你可真是他的忠實粉絲。」

「咳咳，徐老師，你、你可別這麼說，副隊長不只是、不只是我的偶像……」遊筱說得有點急，咳嗽了起來，徐遙連忙給他順了順氣，微微調高了一點床位，讓他說話時不會壓著肺，「他為我點亮了人生的燈，要不是他，我、我現在還是那個個渾渾噩噩，不知所謂的老油條。」

「嗯？」徐遙其實想讓他休息一下，別說那麼多話，但他知道遊筱心裡有話，不說不舒服，便耐心聽他講，「我以為油條是你的名字諧音才叫的綽號。」

「我從小就是個惹事精，讀書不行，去當了兩年兵，回來後靠關係才進了派出所。雖然我也想過當什麼除暴安良的英雄，但是現實裡哪有這麼多刺激的事情，都是些雞毛蒜皮的麻煩事。過不了多久，我就變成了一根老油條……」

遊筱喘得有些急，好像是快說到什麼讓他情緒波動的事情，徐遙引導著他做深呼吸，他才逐漸平靜下來。

他深深地嘆了口氣，垂著眼睛道：「我們這裡的休閒農莊紅起來以後，就請了很多女服務生，喝多了有些非禮猥褻的案件，大多數都是道歉了事。五年前，一個小女生哭著報案，說自己被一個男客人糾纏，當時我覺得就是那樣的事情，而且其他人也說了那男人是想追求那個姑娘，不是糾纏，我就想警告警告算了。但這時候一個高個子男人就啪地甩了警員證在我跟前，說我們不立案的話，他就帶人家到市立警察局去立案了。」

徐遙笑了，「李秩那傢伙，官威還挺大的啊。」

遊筱也想笑，但他一笑就扯到了傷口，笑容就齜牙咧嘴的了，「對，我也是這麼想的。我看他那麼年輕，就揶揄他小伙子不懂人情世故，他卻要帶那位小姐走，還說可以記下他的編號，不服氣就去檢舉他跨區執法。我一看碰到這種刺頭，只能把那男人帶走，拘留了五天。」

徐遙皺眉，「五天以後呢？那男人還糾纏那個小姐？」

「我沒聽到有人這麼說，但是那位小姐過了不久又來報案，說有人跟蹤她……」

遊筱說到這裡，臉頰的肉都咬緊了，「我心裡想，這女的是仗著副隊長的威風作無理要求，難道我們能二十四小時貼身保護她嗎？我當時把她打發走了，但是我也快下班了，就順路載她回家。路上，我跟她聊天，知道她是從其他鄉鎮過來工作的，家裡只有父母，她賺了錢就寄回家給父母存著。聽著聽著我就忘了對副隊長的那些埋怨，送她到家門口時，我還叫她春節回家前到我家拿兩隻臘鴨回去給她父母……但是，她卻死了……那個男人埋伏在她家裡，等她回家了就把她殺害了……

「也就是說，我親手把她送到了那個殺人犯面前，那道門就在我面前關上。我一個警察，就在咫尺之間，卻不知道她遭人毒手，我簡直不敢想像她在臨死前有多麼絕望……

「為什麼我不跟她約定一個暗號，看到她做了安全暗號才離開？為什麼我不多做一步，幫她檢查一下房間？為什麼我不留意一下那個男人被釋放以後都去了哪裡？為什麼我在聽到她說被人跟蹤時沒有馬上把那個龜孫子捉出來……這些所謂的閒事，真的是閒事嗎？就因為沒有人管這些閒事，那個女孩死了，死了啊……」

「你別激動……冷靜點……」徐遙說不出「這是意外你沒有錯」，因為他確實做得不夠，「所以你就成了一個每案必立的遊所長了？」

「什麼？」遊筱愣了愣。

「每案必立，這是我剛剛上網搜到的，這裡的地方媒體就是這麼稱呼你的。」徐遙的手機歸還到了他手上，他把自己搜到的資料給他看，「你這居高不下的犯罪率，尤其是女性受害者的犯罪，幾乎是每案必立，你沒少被上司罵過吧？」

遊筱撇撇嘴，「罵就罵，又不會少塊肉，沒獎金就沒獎金，扣錢就扣錢，我就是啃草根我也不會放過那些人！」

「所以這次發現了這無名女性屍骨，你也費盡功夫想為她查出真相？」徐遙總算明白為什麼管理治安的派出所所長會厚著臉皮去參一腳刑事案件，還求李秩來幫忙了，他輕輕拍了拍他的手背，「我答應你，我一定會盡力幫助這位女性的。」

「謝謝你，謝謝你……」遊筱紅著眼感謝，他這段懺悔埋藏在心裡很久了，第一次向人說出來，情緒難免激動。他還有傷在身，兩兩相加更加疲累，醫生來幫他檢查的時候，他的眼皮已經有些垂下來了。徐遙便退出了病房，在走廊的窗戶邊，看著黑色夜幕低垂。

這偏遠的鄉村地方，煙火鞭炮的管理不像市區嚴格，才剛過十點，吃飽了團圓飯的人已經迫不及待地開始活動，零散的煙火陸陸續續在夜空中綻放。

真好啊，明明這個地方剛剛出現了揭發非法軍工廠這麼大的一個案件，整間警察局被一網打盡，但那些平常的百姓卻一無所知，或者說知道了也並不覺得跟自己的生活有什麼關係，依舊歌舞昇平，依舊團圓和諧。

而他這種人，好像天生就註定了無法安穩度過一個節日。他看向悅城市區的方向，心想李秩一定被留守察看了。

他又是一個人過年了。

又一朵煙火升空，放煙火的地方好像距離醫院不遠，還能聽到「飆」一下的發射聲音，徐遙瞇著眼睛看那一溜灰白的煙氣直竄雲霄，等待它散落成滿地亮光的瞬間。

「徐遙！」

煙火綻放，滿眼都是藍白色花火，它們在夜空中擴散出一個璀璨的光環，徐遙站在那圓環的中心，猛地回過頭去看那個叫喚他的聲音。

李秩上氣不接下氣地朝他跑過來，他站在距離他一步遠的地方喘氣，「我，我過來了……」

「什麼？」背後的煙花太過亮眼，映照得半條走廊都閃閃發光，如同鑲嵌了滿地水晶。徐遙愣了似地看著李秩跑過這一地星光，來到他面前，完全沒聽進去他說了什麼。

「申請手續有些麻煩，所以拖到現在……」李秩喘順了氣，站直了身體，他朝他笑道，「我們一起過一個不再是一個人的新年吧，好不好？」

再耀眼的花火都只是剎那芳華，墜落地上時連灰燼都難以尋覓，徐遙跟自己說，那都是多巴胺，苯基乙胺，去甲腎上腺素，腦內啡和後葉加壓素堆積起來的錯覺，一旦腦部適應了這些激素的濃度，所謂的愛情也會消失無蹤。

但是在一切光亮褪去後，仍然有那麼一雙眼睛看著他，炯炯若星，始終陪伴著他。

徐遙上前一步，抬起頭往他唇上壓了一個吻。

「好。」

徐遙站在蓮蓬頭下，熱水從頭上淋下來。水溫調得有些高，燙得他渾身都冒起了薄薄的紅色。

他關掉熱水，渾身溼漉漉地站在鏡子前，他擦了擦眼鏡戴上，看著鏡子裡的自己，又低頭看了看身材——是沒有辦法跟李秩那種在第一線奔波的警察比了，但好在他雖然宅但是挑食，總不至於真的滿身肥肉。

但是小肚子上還是有點……徐遙捏了捏肚子，忽然就笑了起來。

搞什麼，又不是十八歲的純情少年，怎麼還緊張了起來？

讓他完全沒精力去留意他是什麼身材就好了。

徐遙想了想，扯了一件浴袍穿上，便赤著腳走出浴室——遊筱父親幫他們找的旅館非常好，微熱的地板暖氣烘得腳心熱乎乎的。

他的心此時也一樣是暖的。

房間裡只開著一盞昏黃的壁燈，李秩背對著他側躺在床上，脫掉了厚重的冬衣，只穿著一件黑色的長袖T恤。

徐遙心跳加速了起來，他幾乎不能呼吸，只能輕輕地喊了聲「李秩」。

但李秩毫無反應。

「李秩？」徐遙走到床邊，卻見李秩已經靠著枕頭睡了過去，還睡得很沉。徐遙搭了搭他的肩膀，他還拱了拱身體調整姿勢，躺得更舒服了些。

徐遙失笑，搭在他肩上的手順勢往上輕撫，落在他那冒出了鬍渣的下巴上。一天一夜的逃亡奔波，也怪不得他會在這個時候睡著——他現在是放鬆的，安心的，沒有任何顧慮，不需思考任何可能。

徐遙幫他蓋好被子，自己也鑽了進去。

「辛苦了，李警官。」他在他臉上親了一下，「晚安。」

大年初一的鞭炮聲把李秩從黑沉的睡夢中吵醒了，他揉揉眼睛，剛想伸個懶腰，便摸到懷裡的溫熱身體。一顆毛絨絨的腦袋蹭在他身上，臉窩在他的臂彎裡，看不清臉，只有呼吸間的氣息搔癢著他的皮膚，癢得他的腳趾都繃了一下。

李秩的大腦當機了片刻。他記得自己昨天借著除夕的氣氛壯膽，向徐遙提出了兩人一起過年的邀約。他的本意是一起吃個團圓飯之類的過年活動而已，徐遙卻吻了他一下。

是因為經歷過生死關頭，所以他意識到自己也喜歡他，願意和他在一起嗎？

還是因為氛使然，那一刻的溫暖親密讓他心軟了，所以才答應了一個大年夜的貪歡？

直到遊筱的父親幫他們安排好了住宿，他的腦子都還沒轉過來，等徐遙跟他說「我去洗個澡」的時候，他才真正意識到徐遙那個「好」字是什麼意思。

他立刻就脫了衣服做了一套熱身運動——儘管他早就明白了自己的性向，但是不分晝夜的工作和狹窄的交友圈，再加上他的家庭背景，除了那個讓他意識到自己是喜歡男人的高中同學，他從來沒有機會喜歡上誰，更別說實踐經驗。

但徐遙肯定不是，他在國外長大，又長得那麼好看那麼聰明，肯定有很多人追求。

李秩心裡緊張得不行，趁徐遙還在浴室裡洗澡，趕快打開手機想找兩段教學影片——但他只找到了一些刺激感官的文字，一點兒實際的內容都沒有。

李秩側躺在床上緊張地臨急抱佛腳，緊張著緊張著……就睡著了……

李秩想到徐遙準備妥當出來，卻看見睡得跟死豬一樣的自己，就丟臉得想揍自己一拳。

「李警官，一大早你的心理活動就很豐富啊……」

徐遙不知道什麼時候醒了，飄出懶懶悶悶的一句話。李秩一開始還沒聽明白，他低下頭去，就看見徐遙緩慢地眨著眼睛看他。沒有戴眼鏡的他應該是什麼都看不清楚的，卻偏偏散發著把對方看透了的媚，看得李秩紅了臉，「我，我吵醒你了？」

徐遙沒回答，手從他的T恤下襬竄進去，遊弋到了他的胸口上，「你心跳好快，在想什麼？」

李秩深吸了一口氣，隔著被子，他能感覺到對方在他腰間似有若無的觸碰——沒有絲毫衣料阻隔的觸碰，「我、我昨天睡著了……對不起……」

徐遙忍不住笑了，「為什麼道歉？」

「我居然睡著了，很失禮啊……」

「失禮這個詞是說自覺招待不周因此產生歉意，」徐遙抬起身來，伏在他耳邊問，「既然昨天沒有『招待』好我，那李警官現在要怎麼賠罪？」

早晨的放鬆狀態本就容易情動，李秩臉上的血全往上衝了，他手一圈就把徐遙壓了回去，什麼教學都拋到了腦後，只能循著本能親吻他，循著心意擁抱他。

徐遙被這毫無章法的吻堵得喘不過氣，但他此時才發現，原來他一直在渴望的都是這樣一個人，不要技巧不要調情，只憑真心只憑誠意，接納他的一切，包括陰暗，刻薄，怯懦和脆弱。

潛伏在T恤裡的手正在做非常不健康的內容，李秩急急把它脫掉，手的主人彎起嘴角來，指尖摩挲著往別的地方潛了下去，要進行某些更不健康的動作。

李秩覺得空調開得太高了，必須馬上立刻現在就把所有衣服脫掉。

徐遙也覺得非常燥熱，但他已經沒有衣服可以脫了。

糾纏的肢體分享著彼此的溫度，李秩握上了那粉色的肌膚，討好著來回撫摸，徐遙抓緊了他的背，任他實驗他對情事有過的一切幻想。

不知道是誰的手機，非常不合時宜地響了，沒有人理會。

但過了一會，平息的鈴聲又響了，李秩分了一下心，卻被徐遙一把扣住了後頸，他紅著眼睛瞪著他，李秩可沒膽量現在收手。

第三次響的不是手機，是客房的座機，徐遙喘順了氣，翻個身，懶懶地推李秩去接。

李秩無奈地拿起聽筒，「喂？……隊長?!」

悅麗區破獲非法軍工廠的案件，連帶地讓那個把李秩牽涉進來的無名女屍案也得到了高度重視，大年初一仍然加急呈送了所有的資料。新的警察人力仍未調配好，暫由派出所管理、李秩指揮，一併調查無名女屍的案件，這可是破例的跨區負責——至於徐遙，張藍傳的話是「沒有提到他，你自己看著辦」。

既然讓他看著辦，那當然是「看著徐遙在自己跟前辦案」了。

「副隊長好，我是悅麗區派出所副所長洪錦。」

九點不到，李秩和徐遙便來到了悅麗區派出所。遊筱受傷留院，副所長洪錦接手了他的工作，他向李秩介紹道，「我們有十二人的常備警員，遊客多的時候還有十來個義警。但現在過年，沒那麼多人手，名單在這裡，你看看需要怎麼安排工作？」

「謝謝副所長。」

李秩打量著派出所的環境，這裡不比悅城區的警察局，沒有專門進行案情彙報的簡報室，最大的房間就是一間會議室。李秩讓人搬了白板，地圖，檔案等等案情相關的資料進去，準備梳理案情。

「怎麼還沒有法醫報告？」李秩檢查著資料，發現還沒有法醫報告。已經兩天了，命案的檢驗一般不會拖過四十八小時。

「你忘了他們都忙著追殺我們了嗎，哪有人有時間去拿報告？」

徐遙提醒，李秩才想起了這不是一個正常的案件。不說落後的偵查設備、心懷鬼胎的偵查人員，就連案情記錄也不能保證全是真實的，誰知道孟棋山為了遮掩罪行做了什麼手腳？

李秩只能又打了通電話給向千山求支援，把本來為了調查孟棋山等人的瀆職罪而搜走的案件資料申請了回來，把那一箱箱的文件全搬回了派出所會議室。

悅麗區十年前才開始開發，五年前才設置了警察局，這裡也沒有什麼重大的刑事案件，倒是民事案件的檔案堆了一疊又一疊：想要開發就得先開路，修起路來這家多了幾米那家缺了幾尺，就是最容易出問題的案件。何況還有為了拚經濟推廣起來的休閒農莊和人造景點，拆拆補補，修修建建，如果有社會學家從罪案方面分析一個社區的發展，這些檔案絕對是最珍貴的第一手資料。

李秩和徐遙翻找了半天，終於在一疊打架鬥毆的調解書裡找到了那份送檢資料——孟棋山他們根本沒有往上遞交資料，還藏了起來，大概是想讓這案件查不下去，免生枝節。

李秩緊急聯繫悅城化驗所，洪錦派了人全速趕去送檢材，李秩無奈地搖了搖頭，「還說給我放假，比上班還忙亂。」

「李副隊長，李警官，誰教你是人家所長的偶像呢？總得發出些讓油條繼續崇拜你的光。」徐遙調侃他，「聽說現在整間派出所都是你的粉絲了。」

李秩撓腮抓耳，「我真的沒做什麼啊……」

徐遙看了看他，還是讓遊筱自己跟他說吧，等他能主動告訴李秩那個他曾經幫助過的女孩遭遇了什麼，才算是真正原諒了自己，「那我們現在做什麼？」

「去現場走走吧。」李秩拿了兩張地圖，一張是十年前還沒開發時的地圖，一張是兩年前的地圖，「這裡有很多改建過的地方，十年前那裡的路面情況跟現在肯定不一樣，我們去對照一下。」

「好……等等。」徐遙沒走兩步，手機就響了，卻是金臨淵打來的，「喂，小金？……你別急，慢慢說，你現在在哪裡？……不要動現場任何的東西，我們馬上過來！」

李秩看見徐遙的神色大變，皺眉問道：「小金怎麼了？」

「他今天沒有夢游，」徐遙抽了一口氣，「他又挖到了一具枯骨！」

「！」

大年初一的中午，熱鬧的鞭炮聲依舊不絕於耳，但這些層層疊疊的歡喜熱鬧並沒有讓呆立在林間的少年感到一絲溫暖。

他兩眼發直，緊緊地盯著地上的一個半人深的坑洞，從那潮黑的土壤裡，斜斜地伸出了一截只餘白骨的人類手臂。

金臨淵身上的冷汗都快要被山風凍成了冰珠，冷得他腿腳都不敢移動——但他的腦袋異常清晰，他清楚地知道自己在做什麼，所以，他也必須留下來承擔這個行為的後果。

「小金！」

一聲焦急的叫喚傳來，李秩和徐遙，還有周法醫和調派過來幫忙的小阮都趕來了。

李秩安排人手拉起警戒線，進行實地勘測，徐遙則把金臨淵扶到一邊去問話，「你原原本本地告訴我，這到底是怎麼回事？你怎麼會跑來這裡挖屍體？你怎麼知道這裡有屍體?!」

「我、我就是知道，我也不知道為什麼我知道，但是我、我其實一直夢見這裡有人……」金臨淵看見徐遙，緊繃的脊背塌了下來，幾乎連站都站不住，他靠著一棵樹的樹幹才穩住了身軀，「徐老師，你記得我說過的關於我夢遊的事情嗎？我其實是來過這裡的，我還記得這裡有人，一開始我以為是上次那個女人，但是我昨晚睡覺的時候，又夢見了人，不只是一個人，我夢見了兩個人，有時候是兩個女人，有時候是一男一女，我很亂，我不知道到底是怎麼回事，所以我就、我就跑過來了……」

「你冷靜一下，慢慢說。」徐遙擺擺手，讓做筆錄的警員先離開，以免給金臨淵造成更大的壓力，「我們簡單一點，就是你昨晚做了一個惡夢，然後醒來就跑到這裡，挖掘你夢裡見到的不知道是男還是女的人？」

「總體來說，是這樣沒錯……」

「……那個男女混亂的夢，是你今天第一次夢見的，還是一直都有夢見？」

「我不知道，但是這個夢很熟悉，就像是、像是睡前看了一個恐怖小說，於是夢見鬼一樣的熟悉！」金臨淵一下捉住了徐遙的手，「徐老師，我，我是不是真的跟他們的死有關?!是不是我夢遊的時候殺了人?!」

「這是個男人，看這白骨化的程度來看，起碼有七八年了。」李秩走過來，大手按在金臨淵的後腦勺上，「七歲的男孩雖然能夠殺死一個成年男子，但難度很大。」

「那我為什麼會知道他在這裡？」金臨淵環顧四周，幽深山林變得陌生而可怖，這不是他的家鄉，而是逼迫他發瘋的魔窟，「我什麼都沒想，一醒過來就直奔向這個地方……我肯定來過的，我為什麼會知道，我到底是怎麼知道的?!」

「小金！」徐遙捉住他的手，回頭向李秩道，「我先送他回派出所，他不能再待在這裡！」

「好，麻煩你照顧他。」

李秩讓人送他們回去，徐遙一路上都緊緊握住金臨淵的手，到派出所後，他泡了杯薰衣草茶給他——這裡有很多農產品店，手炒茶葉占了一半——看著他喝完了，心情平復下來了，才繼續詢問。

「小金，我不是警察，我只是想幫助你。」徐遙誠懇地說，「剛剛我覺得你說的話有些矛盾，但是你還很混亂，而且有警察在，所以我沒有問。接下來我會逐條逐條地問清楚，但我沒有把你當嫌犯，你相信我嗎？」

金臨淵看著徐遙，露出一個不該在十五歲少年臉上出現的淒苦的笑，「徐老師，如果我不相信你，我根本就沒有勇氣去挖掘那具屍體。我知道你想問什麼，你想問為什麼我夢見了兩個人，醒來卻不是去找活人，卻是去找屍體，對吧？」

徐遙點頭，「對，你不用害怕，無論你說什麼我都不會當成胡言亂語的。」

「其實是很有邏輯的，因為我就是夢見了他們彼此廝殺。」金臨淵的話讓徐遙皺了皺眉，「我不知道從什麼時候開始就一直做這樣的夢，我總是夢見一男一女被殺，但有時又是兩個女人，有時候她們是互相廝殺，有時候又是一個殺一個……之前我以為那是夢遊症讓我產生的幻覺，那具女屍也只是巧合，但是我昨晚做的夢卻非常具體。我很害怕，我擔心自己是真的跟什麼案件有關。我不想再逃避了，我必須要面對，所以我、我就……」

「你就跑去夢中的地方，挖出了一具屍體？」徐遙撫著下唇沉吟，「這如果用巧合來解釋也太牽強了……但是……」

「如果人不是我殺的，那我應該是目擊了殺人的經過吧？」金臨淵緊張道，「我小時候喜歡到山林裡玩，會不會是我剛好看見了有人殺人，所以才記住了？」

「是有這個可能，但是，目前關於這兩具無名屍的資訊都太少了，無論什麼推斷都缺乏證據。」徐遙安撫他，「你現在的精神狀態還不是很好，等你穩定一些，我再引導你回憶夢境……」

「你說的是催眠療法嗎？」金臨淵卻搖了搖頭，「沒用的，之前我也去看過醫生了，這個辦法沒有用，催眠治不好我……」

「小金，我希望你明白，你可能是一個病人，但你同樣是一個正常人。」徐遙道，「每個人都有一定程度的心理問題，就像有的人過敏，有的人有風溼，只要我們能控制它，不讓它嚴重地影響自己的生活，那就是正常的。」

金臨淵好像沒理解過來，「嗯？」

「每個人都有不可言說的陰暗面，但只要我們能控制住那一面，不讓它傷害別人，最好也不要太過傷害自己，那就讓它存在下去吧，沒有什麼大不了的。」徐遙握住他的手，「為了達到這個效果，你必須要想起那個夢，想起每一個細節、每一處感受，這樣你才能知己知彼，才能知道你最害怕的是什麼。同時，也知道怎麼樣才能壓住那讓你害怕的真相。」

「真的可以做到嗎？」金臨淵一臉茫然，「媽媽說這會把我逼瘋的……」

「你的媽媽很愛你，她想要保護你。但是你應該知道，保護自己的最好方式，是學會反擊。」徐遙心有戚戚焉，他想起了自己的母親，她也選擇了同樣的方式去保護他。但他知道這種保護對他、對金臨淵來說，都不是最恰當的，「相信我，我非常理解這種感受。」

「真的、真的可以把它控制住，可以讓我不受它的影響嗎？」金臨淵說不出那個「它」是什麼，或者說，找尋這個「它」就是他要面對的難題。

「我相信你有這個能力……」

「兒子！我兒子呢！」熟悉的情景恍如昨日重現，金翠敏大聲喊叫著衝了進來，徐遙沒把金臨淵安置在偵訊室，他們只是在一個普通的會客室裡說話。

門一下就被打開了，金翠敏看見兒子垂頭哭泣，馬上衝上前把他拉到自己身後，「你們夠了！還有完沒完！欺負我們孤兒寡母是不是?!信不信我爆料你們！」

「金大姐，妳稍安勿躁，沒有人要傷害小金。」徐遙馬上豎起雙手作投降狀，李秩不在，魏曉萌不在，連王俊麟也不在，可沒有人當他的中間人了，「我只是想幫助他……」

「我知道你們這些人在想什麼，你們就是把我兒子當怪物，你們只想著怎麼做研究拿獎金，才不會管他的死活！」金翠敏卻很激動，她大概聽說了徐遙的身分，卻對他表現出了直白的厭惡，「你敢再動我兒子，我一定不會放過你的！」

「媽！」金臨淵拉住金翠敏勸說道，「徐老師不一樣，他只是想幫助我……」

「兒子，他們就是看中你的善良單純，所以才好騙！」金翠敏反手捉住金臨淵的肩膀，「他們差點害死了你！」

「那是意外……」

「什麼意思?」徐遙一愣，他跳過金翠敏直接看向金臨淵，「以前發生過什麼?」

「我以前看醫生的時候，出現了過敏症狀……」那顯然是一個痛苦的回憶，金臨淵說到這裡，不自覺地抖了一下，「但我知道醫生不是故意的……」

「我不管，你們這些做研究的人，就是一點人性都沒有!什麼切除白質什麼電擊催眠，我絕對不會讓你們動我的兒子!」金翠敏說著，把一張文件影本拍到桌上，就拉著金臨淵往外走，「有什麼話跟律師說去!」

「等等!金大姐!」徐遙喊都喊不住，只能無奈地看著他們離開派出所。

派出所的警員好像已經習慣了金翠敏的吵鬧，都縮著手腳讓開路來，甚至沒有人敢阻擋她。

徐遙正想傳簡訊給李秩，但他看見了桌上的影本，只能作罷:那是一張精神病診斷書，診斷結果顯示金臨淵患有一定程度的精神病，在病發時不承擔法律責任。加上他是未成年人，徐遙知道就算李秩去了也會被擋回來，搞不好還會被熟悉網路行銷的金翠敏爆料到網路上去，造成輿論撻伐。這對才剛爆出警察知法犯法的悅麗區警署來說，肯定是雪上加霜。權衡利弊，他選擇暫時先放下，從其他方面調查。

從實地回來的李秩也對這個做法表示贊同，「其實我覺得小金的狀態更像是被那個無名女死者刺激了而做夢，可能他並不知道那女死者是什麼回事，但他肯定知道一些關於這個男性的事情，才會被勾起了回憶。」

徐遙奇怪地問:「什麼意思?」

「你還記得他之前在夢遊情況下挖出來的那把生銹的刀子嗎？」李秩把幾張法醫拍下的照片給他看，「這個男人的胸骨上有幾處挫傷，像是被刀子刺中時傷到了骨頭，刀口的形狀跟那把生銹的刀子是吻合的。」

徐遙瞪大眼睛，仔細觀察那幾個對比的刀口，照片換了幾個角度，確實是吻合的，最起碼代表這是同一種的刀子造成的傷口，「所以那把刀不是殺害那個女人的凶器，而是這個男人?!」

「你記得我們曾經懷疑過為什麼那把刀不是豎立著插進泥土裡，而是挖一個寬坑橫放掩埋嗎？」李秩嘆口氣，「當時你說也許這個坑不只埋了這把刀，你又猜對了。」

「什麼?!」徐遙大驚，「那坑裡還有什麼?!」

「我讓大家再往下挖了五公分，發現了一個盒子。」李秩把最後一張照片抽到頂層，「這個盒子裡有很多燒過的灰燼，已經燒透了，完全看不出來本來是什麼，多虧盒子足夠密封，不然早就化成一坨爛泥了。」

「那代表這個盒子裡的東西對於凶手來說很重要，是能夠證明凶手和死者的關係的證物，」徐遙摸了摸那張照片，無數電影情節湧上了心頭，「凶手殺死了死者，同時埋葬了他們的關係。」

「可惜我們完全辦法還原這些灰燼，只能從盒子入手。」李秩說著就嘆氣了，「那是批發價五十塊錢一個的普通方形玻璃密封盒，只怕查到猴年馬月也找不到出處。」

「副隊長，化驗報告回來了！」大家一籌莫展的時候，洪錦總算帶回了一個好消息，「那個女性死者的身分確定了！」

眾人精神一振，「她是誰?!」

「唉，說起來還是我們的同鄉，是我們這裡考出去的第一個大學生。」洪錦嘆口氣，把檔案遞到李秩手裡，「她叫李小敏。」

「李小敏?!」李秩如遭雷擊，他猛地翻開檔案，映入眼簾的果然是那張他曾經看過的女人的臉。

那個強吻了他母親的神祕女人，她的同性愛人不就是李小敏嗎?!

「李秩，李秩？」徐遙察覺他捏著檔案頁的手越來越緊，伸手覆住了他的手背，「怎麼了？」

「……我、我之前接觸過她的案子，」李秩深呼吸一口氣，強迫自己面對一整間不明狀況的同事冷靜陳述，「二千零七年五月，在悅城大學物理系擔任助教的李小敏失蹤，悅城警方接到報案後調查了她的人際關係，發現她有一個已經談及婚嫁的男朋友，但卻從來沒有人見過他。後來，警方在她的房間裡發現了她和一個女人的親密照，因此，警方推斷李小敏的男朋友就是這個女人，然而至今仍然沒有查出這名神祕女子的身分。」

「神祕女子？」李秩陳述的時候，洪錦將案情資料發了下去，徐遙接過一看，馬上明白了李秩剛剛神情有異的原因：這個神祕女子不就是那個被拍到強吻了李秩母親郭曉敏的女人嗎?!

儘管從照片的時間來看，李小敏的這些親密照的拍攝時間比和李秩母親的那些晚了起碼十年。照片中的女人相貌也有衰老，但還是能看出是同一個人，而且從肢體語言來看，那名神祕女子都是主動的那一方，姿勢裡透著主導的控制。

「這個女人是我們需要重點調查的對象，大家要仔細追查。」李秩定了定心神，開始安排調查工作，「洪錦，通知李小敏的家屬，再詳細問一次她失蹤時的情況，也讓他們回憶一下有沒有見過這個神祕女人；另外，我對比過十年前的地圖，那個挖出屍骨的地方當時是一幢房子，麻煩你安排一下人手，走訪一下當時的鄰居，看他們有沒有印象見過這兩人。我知道現在大過年的，辛苦大家了。」

「不辛苦不辛苦，只是我們都沒跟過這種大案子，怕拖了你的後腿。」

洪錦跟其他警員雖然很佩服李秩，但能力有限也是事實，徐遙開口道：「你們知道羅卡定律嗎？」

眾人茫然，徐遙繼續說道，「兩個物體接觸時，既會帶走一些東西，也會留下一些東西，這就是著名的羅卡定律，是現代刑偵學的基礎教條。你們一定覺得過去那麼久，肯定什麼證據都已經沒了，但是DNA技術在八零年代需要一元硬幣大小的血液才能分析，到九十年代就只需要一角硬幣的大小，到了兩千年，已經發現了觸摸DNA，只需要七八個表皮細胞就能檢驗分析了。就算凶手在十年前就做了反偵查的準備，但是他能預料到十年後的技術發展嗎？」

「沒錯，如果凶手註定逃脫的話，老天就不會讓一個少年在那麼多年後，僅僅憑著夢境記憶就把屍體挖了出來。也許這才是天意，天意要讓我們把他捉住！」李秩乘著徐遙的話鼓舞士氣，「天網恢恢、疏而不漏，其實我當警察這麼久，我發現天網常常漏，都是全靠我們幫它補上的！」

眾人發出一陣輕笑，李秩已經從他們的表情裡得到了積極的回應，「大家加油！」

「聽副隊長的！」

士氣昂揚的警員們聽從安排，各自開展工作。徐遙等大家都散去了，才關上會議室的門，向李秩問道：「這個女人就是偷親你媽媽的人吧？你打算怎麼查？」

「既然確定了李小敏的死亡，我想重新問一遍當年的證人，還有那個男人的身分也要確認。我問過周法醫了，他說面部的骨骼很完整，應該能復原相貌，等人像還原出來也可以看看有沒有證人認識他。」李秩揉了揉眉心，母親，李小敏，神祕女子，還有這具無名男屍，他覺得他們之間千絲萬縷，卻一條實際的證據都捉不出來，「我有一個猜測，會不會我們從一開始就錯了？」

「怎麼說？」

「李小敏說她有一個男朋友，還要帶回家見父母，如果那個男朋友其實是個女人，她會說帶她回去嗎？難道不是應該說他很忙暫時不能見面？」李秩道，「我爸誤會過我母親是女同，為了躲避輿論壓力才跟他結婚；李小敏會不會就是這個情況，她跟那個神祕女子是戀人，但是迫於社會壓力她找了這個男人當她男朋友，結果事情敗露，情急之下兩人動手了，其中一人殺了另外一個人。」

「如果死掉的是李小敏，那神祕女子可能會為了報仇就殺了這個男人；如果死掉的是那個男人，神祕女子也有可能因為李小敏要離開她和別人結婚而下殺手。這也能解釋那個盒子的存在，因為這裡埋葬了神祕女子跟李小敏的愛情。」徐遙順著李秩的思路推測下去，「但我們還是要先確認那個男性死者的身分，不然一切都只是猜測……李秩，你覺得你爸爸有沒有給其他人看過那個神祕女子的照片？」

李秩點頭，「有，我看過筆錄，但是我媽媽的朋友都不認識這個女人。那年代煙熏妝是香港流行的妝容，悅城很少有女生這麼打扮，所以那女人肯定很引人注意，但她們卻連聽都沒聽過。」

「……也許她平常都躲起來了呢？性少數群體不是那麼容易交到朋友的。」徐遙說著，垂下頭來，握了握李秩的手，「家人都不一定會接受。」

「沒事，不痛了。」李秩反握住他的手，他想，要不是李泓把他打進醫院，他可能就錯過徐遙了，「對了，你在這裡沒有什麼問題吧？不會像小金那樣受刺激吧？」

徐遙一愣，「什麼？」

「這裡再往上走，不是你父親出事的地方嗎？」李秩小心翼翼地問道，「你在這裡查案，不會刺激到你吧？」

徐遙還是愣著，對，這裡明明距離那間民宿很近，垂直距離也許就幾百米，他一開始過來也是想看看這案子會不會和他父親徐峰有關，怎麼他一點感覺也沒有？「我不知道……」

「嗯？」

「好像，好像有什麼東西不對……」徐遙這才站了起來，他跑出派出所，往後頭的山林跑了過去，他看著那延綿的樹林，揉了揉鼻子，「氣味不對。」

「什麼氣味不對？」李秩跟上，他也學著徐遙嗅了嗅，「什麼味道都沒有啊。」

「就是什麼味道都沒有！」徐遙一把抓住李秩的手臂，「但是在你催眠我的時候，我明明看見了民宿是被一片松林圍繞的！就連孫皓催眠我的時候也是一樣，我記得這裡四周是有松林的，那股松針松香的味道我記得很清楚！」

「會不會是砍掉了？」李秩按住他的肩膀安撫道，「畢竟已經二十年了，也許為了開發，砍掉原來的松林，種上了其他好看的觀用花木呢？」

「你上次跟我去過的，你覺得那些樹像是後期規畫種出來的嗎？」

其實不用徐遙反問，李秩也記得那片差點讓他滑倒的茂密而不規則的樹林，人工規畫的樹林間距不可能這麼雜亂，「你會不會是記錯了？或者你只是聞到了屋子裡的松香熏香，在遭到了極大的打擊後，記憶混亂，就以為是有一片松林？」

「……我不知道。」徐遙搭在李秩前臂上的手微微顫抖著，無法確定自己的記憶到底是真是假的恐懼又一次襲向了他。

他以為只要有李秩陪著他，就算是最壞的結果他都能撐過去，但這種連本來確信的回憶都不可靠了的迷惘讓他無所適從，「我真的不知道……」

「……等這邊忙完，我陪你再去一次民宿。」李秩把他圈進懷裡，「但是現在你要冷靜，我不能沒有你。」

「我需要你」比「我支持你」好像更有效，迫在眉睫的真實案件慢慢壓下了那不知虛實的憂慮，徐遙長長地嘆了口氣，額頭抵在李秩頸脖上鑽了鑽，「好。」

兩人往派出所走，還沒進門，洪錦就飛快地撲了出來，「副隊長！知道那個男人是誰了！」

「這麼快?!」

「因為、因為 DNA 庫裡就有匹配的樣本……」洪錦的臉色卻非常難看，「金臨淵之前夢遊傷過人，我們採集過他的 DNA……」

徐遙皺眉，「等等，跟小金有什麼關係？」

「那個男人是他的父親！」

自從金臨淵得了夢遊症，金翠敏就沒少到派出所，但是這一次和以前的所有情況都不同——這次的主角是她。

「金翠敏女士，在今天中午妳的兒子金臨淵在小鳳山南麓，也就是距離妳家不到二十分鐘路程的地方挖出了一具男性屍骨，經過 DNA 對比，發現那是金臨淵的親生父親。這事情妳再怎樣也得解釋一下吧？」偵詢工作由洪錦和李秩一同進行，洪錦熟悉這裡的村民情況，所以李秩交給他起頭，「是不是妳當年被那個男人搞大了肚子而他不肯娶你，所以妳就殺了他，埋在妳家後面的山頭？」

「我不知道你在說什麼。」金翠敏一臉冷漠，「我是被人騙了，但我沒殺人，我也不知道他怎麼會死在我家後面。」

「先說說那個男人到底是誰吧？」李秩道，「他叫什麼名字，是哪裡人，你們是怎麼認識的？」

「……他叫穆水源，十六年前的一個晚上，他來敲我家的門，想借宿一晚。他說他是從首都來的，想當一個專門寫遊記的作家，所以要走遍整個世界。他說話很浪漫，我一個什麼世面都沒見過的小村姑，很快就迷上他了，但是過了幾天他就走了，一個月後我才發現自己懷孕了。」金翠敏回答著，嘴角掛著一個自嘲的笑，「你以為我沒有找過他嗎？我去過首都，但是根本沒有找到叫這個名字的人，那人的名字跟身世，甚至來到這裡的目的都是假的，也只有我們小地方的人會上當。」

「妳說謊。」洪錦皺眉，「當年這裡荒山野嶺的，如果有陌生人來了，大家肯定知道，妳說他來了幾天，怎麼沒有人知道呢？就算當時沒留意，可是妳肚子大起來了的時候，大家肯定會猜是那個男人的。」

「他只待了三四天，他說他想看沒有人看過的景色，所以我都帶他去當時沒開發的山林野地，大清早就出發爬山，很晚才回來，所以沒人發現他。」金翠敏道，「那時候年輕人都去城裡工作了，在家的都是老人，沒有那個腿腳去爬山涉水，更沒空管別人家女兒跑哪去了，所以沒人留意到他來了。」

李秩觀察著金翠敏的神情，雖然非常冷靜，言語間條理清晰，但語氣裡充滿了被男人欺騙感情的幽怨，不像是臨時起意編造的，「嗯，我會再聯繫首都單位查詢失蹤人口。妳可以跟我詳細說說金臨淵的病嗎？妳別激動，穆水源的死亡時間是在十年前，我們認為他不可能是凶手，只是他竟然挖到了自己父親的屍體，這件事怎麼也不能用巧合帶過吧？」

「……我也不知道他到底是怎麼了。」說到兒子，金翠敏才深深地嘆了口氣，露出一個母親對孩子的心疼和愧疚，「他小時候什麼問題都沒有，可是他四歲多五歲的時候忽然發了一次高燒，從那以後，他就睡不安穩。一開始只是會踢踢被子，從床上掉到地上，但他漸漸開始往外爬，到處走動，在房子裡碰碰撞撞的，睡一覺渾身都是淤青，我也心疼啊。」

「小金說他也看過精神科，進行過催眠療法……」

「一群騙子，一群打著醫生幌子的騙子！」金翠敏鄙夷地哼了一聲，「他們根本不是想幫我兒子治病，只是想把我兒子當作怪物來研究。我兒子在那裡待了一個星期，不僅沒有好轉，還更加痛苦了，不只夢遊，還會害怕地哭喊，他連打個盹都滿身是汗地尖叫。他抱著我哭，說睡覺很可怕，有沒有可以不睡覺的方法，於是我就把他接回家了，那群人還不讓我們走，說只要堅持下去一定會好的。堅持？我看他們就是捨不得一個研究材料，他們才不管我兒子到底有多痛苦！」

李秩也聽得皺起了眉，儘管他不清楚精神科的治療方法，但是這種方法怎麼聽都覺得不太對勁，「那時候什麼時候的事情？在哪家醫院做的治療？病歷報告還有嗎？」

「在小淵十一歲的時候，就在悅城最出名的精神科做的，還說是他們的權威專家負責的。我後來才知道，那個專家根本不是醫生，是個研究罪犯心理的，他根本就是把我兒子當作一個研究材料，而不是想幫他！」

「罪犯心理？權威專家？」李秩一愣，「該不會是林……」

「就是那個林森！」金翠敏不屑道，「還整天上電視開講座，他就是靠著這些卑鄙的研究出名撈錢！」

「……我相信林教授做的研究是有他的道理的。」本來這案子的相關人員就夠讓李秩發愁的了，現在連林森都牽涉在內，這下他感覺搞不好這案子真的跟徐遙的父親有關了，「小金在那次治療以後有什麼表現？」

「他那種害怕尖叫的情況還維持了一陣子，那時候我每天晚上都陪著他、看著他，不過慢慢也就平復了，不再那麼害怕了。可是他還是會走動，而且走得越來越遠，我就算鎖著他也沒有用。」

金翠敏現在還是覺得兒子是在睡夢中把鎖打開的，李秩也不好告訴她其實金臨淵有時候是醒著的，他在摸索一條沒人能發現他的路，開展他自己的祕密探險。

「有時候他會撞到別家的防盜裝置，碰到什麼柵欄的，可是像這樣挖出東西來，還是那麼可怕的東西，真的從來沒有過。李警官，請你相信我，他真的什麼都沒有做過，他真的只是湊巧挖到這些東西。」

結束了對金翠敏的偵詢，李秩來到了隔壁房間，在那裡看監控的徐遙一臉陰沉，想必也是因為林森。

李秩拍拍他的肩膀，「你還好嗎？」

「我沒事。」徐遙看向李秩，「我想請你申請調閱金臨淵在林森那裡治療時的病歷報告。」

「嗯？」李秩不解，「你覺得金翠敏說謊了？」

徐遙搖搖頭，「金翠敏是從一個母親、一個旁觀者的角度去述說的，她只覺得林森是騙子，但是你想，小金的情況忽然變得那麼嚴重，肯定是他在治療的催發下看見了什麼可怕的事情。不管那是幻覺，還是真正發生過的事情，那可能真的是引起小金夢游的根源。我清楚林森的手法，他會使用藥物跟催眠來讓病人回憶很久遠的往事，但是這種方法很危險，人類記憶的方法本來就不符合邏輯，有可能他只是引發了一個象徵意象，但病人不知道，他也不知道，就很可能以為那是真相了。」

李秩聽得雲裡霧裡，「象徵意象是什麼意思？」

「簡單來說，就是一個有特殊意義的東西。比如，你最害怕蜘蛛，那麼在你的夢境裡，所有的恐懼都會以蜘蛛的形態出現，如果有一天你被蒙面匪徒搶劫了，那麼在夢中你可能並不會看見一個蒙面人，而是看見一隻大蜘蛛撲向你。在清醒的時候我們是理性的，你會知道自己是被人搶劫的，但是催眠的時候理性是不起作用的。我催眠你，問你到底是被誰搶劫，那麼你很可能告訴我是一隻大蜘蛛搶了你。」徐遙解釋著，輕嘆口氣，「你沒有說謊，但是我也得不到真相。」

「所以，林森的目的是想讓小金去面對恐懼，可是小金不一定能分辨到底那是真正的恐懼還是恐懼的意象，」李秩聽明白了，隨之皺起眉頭，「但是無論如何，那恐懼是真實的，一個小孩子天天被逼著面對最害怕的東西，這也太殘忍了。」

「但有一樣是可以肯定的，就是小金在催眠中看見了讓他恐懼的東西。」徐遙道，「如果那不是意象而是真的呢？」

「好的，我去申請。但小金並不是嫌疑人，又涉及未成年人的病情隱私，還是林森的研究，我不敢保證一定能申請下來。」李秩也很為難，「不然我們再等等穆水源的屍檢報告和首都方面的消息？」

「還有李小敏。」一團又一團的迷霧包裹著他們，連徐遙都感覺有點吃力，「都快入夜了，看看大家有沒有問到李小敏的消息吧。」

「好。」

李秩點頭，一整天忙碌下來，他也覺得需要跟大伙兒一起整理一下案情，不然只會更混亂。正是過年，沒有什麼店鋪開張，還好遊筱早就囑咐過父親照顧他們，他們才能在遊筱家裡蹭飯。

遊筱的病情穩定，只是需要靜養一段時間，李秩跟徐遙也安心了。席間，遊筱的父親遊謙委婉地問李秩能不能推薦他兒子進警察局，李秩說如果有人來做背景調查，他一定會把這次案情的功勞說得清楚明白，但私下推薦不合規矩，他不能答應。

吃完飯回去派出所的路上，徐遙打趣李秩：「你這樣拒絕人家老父親，小心明天就沒飯吃。」

「沒關係，我可以去山上摘點野菜野菇，跟旅館借個廚房炒一炒，保證餓不到你。」李秩也不知道是開玩笑還是認真的，總之就把徐遙逗笑了，「你別笑，這山上真的挺多能吃的野菜，我們躲著的那間木屋附近起碼有三種！」

「好好好，知道你很厲害了，明年給你報名野外求生比賽好不好？」

兩人說笑著，驅散了一點沉鬱的心情，回到派出所，召集了眾人，開始匯總調查結果。

李小敏方面的調查結果和當年沒什麼差別，那間已經拆除十年的房子當年是李小敏家的倉庫，收納著一些農具和不怎麼使用的工具，平日很少有人到那裡去，也沒有人記得見過什麼陌生男人。而悅城方面也把李小敏的失蹤檔案傳了過來，沒有任何人提到像是穆水源的男人。

難道這穆水源和李小敏什麼關係都沒有，只是剛好都被埋在這片地區？

「穆水源的屍檢報告出來了，還有這個，是通過顱面技術復原的外貌。但是沒有表情的人像跟真人總會有點偏差，大家可以當作參考，也已經傳給首都警方了。」周法醫好像也被大家的積極帶動了，這次的檢驗報告很快就出來了，李秩把資料發給大家，「根據報告，他死亡時的年齡大約三十到三十五歲，身高一米七，骨骼上有數處刀刃挫口，經過對比，是之前金臨淵挖出來的那把刀所造成的。根據刀刃長度和角度，可以判斷死者是被人從正面捅了至少三刀，其中兩道穿過胸骨刺中心臟和肺部，雖然內臟已經完全溶解，無法知道他是死於心臟破損還是失血過多，但這兩道一定是致命傷。刀刃刺入的角度從下而上，推測凶手的身高在一米六五左右，不會比一米六矮。」

「那金翠敏的身高就很符合啊，」一位警員說道，「而且她和穆水源的關係親密，完全可以假意抱住他，然後趁機捅死他。」

「但是她有這個力氣嗎？」徐遙說著，拉了李秩起身，他捲起一張紙當刀子，作出要捅他的動作，「我跟李秩的身高差距也是五公分左右，我這樣抱住他，從背後拿出刀子捅過去，第一刀只能斜著從腰間刺進去，造成肋骨上的一個小銼口，絕對不能一刀斃命，那我補第二刀第三刀的時候，我還有力氣把他箍在我懷裡隨便我刺，不讓他逃開嗎？」

儘管是案情示範，但徐遙對李秩沒有忌諱，完全就是一個實在的擁抱，眾人一陣臉紅——他們多少聽說了兩人的關係，難免遐想——不過這個示範也十分直白，大家也明白了疑點所在，「那如果金翠敏先給他吃下什麼毒藥，等他發作了就可以控制住他了。」

李秩疑惑，「但如果已經下了毒，還需要補這刀嗎？等著他死就好了。」

徐遙放開李秩，他指著那個密封盒子的照片，「從心理學上來說，捅刀的動作和性交是有同樣的意義的，都是一種宣示自己占有對方的行為，以此滿足自己可以控制對方的優越，展現自己有為所欲為的權力。因此很多男人第一時間都會找刀子殺人，這是一種雄性本能。」

「你的意思是，凶手應該是個男人？」

「至少，凶手想要以這種方式宣布穆水源是屬於他的，別人休想染指。」

「副隊長，」一個值班的警員敲了敲門，「有電話找你。」

「找我？」李秩詫異，找他怎麼不打他的手機，反而打到了悅麗區派出所？

「嗯，」小警員道，「那人說他叫林森。」

「林森?!」李秩和徐遙都瞪大了眼，李秩示意眾人安靜，按了座機號碼，把電話接了過來，「林教授你好，我是李秩。」

「李警官，我就長話短說了。」林森的語氣很是和善，「我知道你們在忙的案件涉及一個叫金臨淵的少年，我有線索想要提供給你們。」

「……那可真是感謝林教授了。」若不是已經知道他對小金做過什麼實驗，李秩就真的相信他是積極配合警方了。

「但我有一個要求，」林森道，「你讓徐遙聽電話。」

「他不是警察，我沒有答應的權力。」李秩不想讓徐遙再受到什麼刺激。

林森顯然不接受這個理由，「讓徐遙聽電話，不然我什麼都不會說。」

李秩握著話筒，看了看徐遙，徐遙大概猜到了，向他伸出手去，李秩只能把電話給他。

「喂，我是徐遙。」徐遙現在喊不出來「森哥」這個親切的稱呼了。

「金臨淵曾經在我這裡接受過治療，」林森開門見山，「在治療期間，他曾經在催眠狀態下說過一些情景，我可以把詳細的記錄報告給你們，但是，治療過程需要保密。」

徐遙早就料到林森有採用非法的藥物及手段了，「警方完全可以通過正規申請管道取得這份報告，為什麼要答應你的要求？」

「你不想知道到底那天晚上我看見了什麼嗎？」林森胸有成竹，「我對金臨淵沒有惡意，只是想要幫助他，已經過去那麼久了，追究有什麼意義？」

「……我答應不了你。」徐遙當然想知道父親被殺那天晚上發生了什麼，但先不說林森會不會說實話，就算他真的看見了什麼實情，他也沒有權力代替金臨淵原諒他。

「金臨淵會答應的。」林森一點也不焦急，「我等你們回覆。」

「林森！」徐遙還想說什麼，但林森已經掛了電話了。

李秩問：「怎麼了？他提出了什麼條件？」

「……我們要找小金談一談。」涉及到父親的案件，徐遙不想再給複雜的案情添枝加節，「小金比較相信我，我跟你一起去吧？」

「好。」

李秩馬上就答應了，待離開了派出所，他才問道：「林森是不是拿你父親的案子要脅你？」

徐遙愣了愣，「你怎麼知道？」

「不然他為什麼一定要你聽電話，」李秩無奈道，「你沒有權力答應他什麼，但是你能說服我。」

「他讓我說服你們，不追究他在治療小金時用的非法手段。」徐遙垂下眼睛，「我是不是很自私，為了得到自己的真相，就要犧牲別人應得的公義？」

「其實你可以一口答應，你要說服我很容易，而小金，只要不說他根本不知道這之中有什麼不對。」李秩搭著他的肩，「但你沒有這樣做，你還是會告訴小金真相。」

「他已經被折磨了那麼多年……」徐遙呢喃著，尾音消融在聽不見的低沉裡。李秩也沒有追問，被不明真相的惡夢折磨的痛苦，他們都非常清楚。

金翠敏經營著這一帶最受歡迎的休閒農莊，進門就是一大片平整的園圃，四周都被花樹圍繞，屋後還有烤肉區，徐遙不禁佩服金翠敏的經營能力。

兩人敲門，沒有回家過年的員工開門，見是警察，連忙把金翠敏叫了起來。

「你們還跑到這裡來了？」金翠敏從自己的房間裡出來，看樣子剛剛已經睡了，「都幾點了，還讓不讓人好好生活了？」

「金大姐，這次我們是來找小金的，」李秩耐心道，「事情緊急，不得不深夜打擾，請妳諒解。」

「和我兒子有什麼關係？」金翠敏的警惕更甚，「你們又想拉他看什麼精神科？」

「不是的，請妳不要誤會，」徐遙解釋道，「妳不是對當年林森教授對他進行的治療很不滿意，認為是那次治療導致他的病情加重嗎？我們找到了方法，可以知道他當年治療的詳細情況，無論以後妳想帶小金到哪裡治療，帶上這份報告都會比較清楚病情吧？」

徐遙的話讓金翠敏有些動搖，她遲疑道，「真的會告訴我真相，不是唬我的？」

「肯定是真的，但是有一些問題，還需要小金本人來做決定。」徐遙繼續勸說道，「我們能不能和小金談一談？」

「我要在場，我是監護人。」金翠敏鬆口，讓兩人到屋內他們母子使用的小客廳裡等著。

李秩認為基於法律考量，有監護人在場也好，徐遙也不好堅持單獨面談了。

這個小客廳是私人地方，沒有商業裝潢，就是普通人家的擺設，兩人都帶著職業習慣地打量四周。電視，沙發，茶几，一個堆放了不少雜物的陳列櫃，和平常的住家沒什麼差別，但電視櫃上放了不少獎狀，都是金臨淵的獎狀，像是資優生、市長獎之類的，還有一些學科比賽的獎狀，看來他雖然深受夢遊症困擾，但並沒有耽誤學業。

在一片金燦燦的獎狀海之中，一個淡黃色的人造琥珀裝飾顯得很灰暗——之所以知道是人造的，是因為那半透明的鵝蛋狀琥珀裡包裹的不是昆蟲，而是一枚精巧的指環。指環透著詭異的紅光，大概是因為松脂的雜質，而琥珀的底座上雕刻著「悅麗區金水苑留念」的字樣，應該是金翠敏幫自己家農莊做的紀念品。

儘管金翠敏一直說自己是個沒見過世面的村姑，才會被穆水源欺騙，但是至少在做生意的頭腦上，她並不輸那些專業的景區運營者。

「李警官，徐老師。」披著一件羽絨外套的金臨淵，從二樓的房間裡下來。他應該已經從母親那裡知道了兩人的來意，語氣裡有點擔憂和恐懼，不再是那個熱熱鬧鬧地參一腳拯救臥底行動的自在模樣，「你們想跟我說什麼？」

「小金，你先坐，我們慢慢說。」徐遙讓大家都坐下，才慢慢斟酌言辭道，「你還記得曾經幫你做過催眠治療的林森教授嗎？」

金臨淵點頭，「我跟你說過的，那個催眠治療沒有效果。」

「你沒有對我說真話，那次催眠有效果，只不過是負面效果，對不對？」徐遙看著金臨淵的眼睛，「你母親告訴我們，在那次催眠後，你的症狀更嚴重了，而且做的惡夢更厲害了，是不是？」

金臨淵匆匆地撇了母親一眼，好像有些埋怨，但他很快就收斂了，「我是有做惡夢，但是、但是林教授也只是想讓我有勇氣面對自己的問題而已……」

「……我們想讓他交出當時治療你的報告。」徐遙很明白金臨淵對林森的信任，那是林森的魅力，他自己也曾經非常相信他，「他在這個過程中使用了一些非法的手段，比如一些藥物的使用，他想讓你不要追究他的法律責任，不然他就不願意說出跟這個案件有關的線索。你是當事人，我們覺得應該由你決定是否追究。」

金臨淵瞪大眼睛，「林老師沒有犯法啊，有什麼要追究的？」

「小金，只要他做了傷害你的事情，不管他的動機是什麼，都是不對的。」徐遙留意到金翠敏的面色很難看，但他還是搭了搭他的肩，「我希望你明白，只要是讓你覺得不舒服的做法，就是錯的。哪怕那個人愛你，他的做法都是錯的。」

金翠敏的嘴角動了動，她抱了抱自己的手臂，沒有說話。

金臨淵愣了一下，他眨了眨眼睛，「但是，我覺得林老師真的沒有做錯什麼，也許他的做法比較激進，但是他是有告訴過我，他要用的是還沒有通過檢測的藥物，是我自己答應冒險的。」

「什麼？」徐遙一驚，「你怎麼……」

「我實在太想知道我到底是怎麼了。我每天晚上到底都是因為什麼才會到處跑，我看見的那些奇怪的情景到底是什麼。」金臨淵抬起眼睛，迎著徐遙的視線，語氣不再閃躲畏縮，「為了知道真相，我什麼風險都可以承擔！」

從一個十五歲的少年口中說出這番話也許稍欠說服力，但要讓徐遙信服已經足夠了——真是奇怪，他本來就是想讓金臨淵不要追究林森採用的手段，但現在他什麼都還沒開始講他就同意了，反讓他感覺很不舒服。

他看向金翠敏，「金大姐，妳的意思？」

金翠敏有些遲疑，「如果能知道小淵到底是在害怕什麼，就能治好他是嗎？」

「不能說是一定會，但是至少可能性更大。」李秩插了一句，「總比只是把他鎖在房間裡好。」

金翠敏深深地嘆了口氣，可以看得出來她仍然很恨林森的所作所為，但是為了兒子，她作出了一個母親的讓步，「好吧，不管他當年做了什麼，只要他原原本本告訴我到底小淵都經歷了什麼看見了什麼，我可以不追究。」

「謝謝你們，」徐遙站了起來，對他們鞠躬道謝，「無論這對案情有沒有幫助，我一定會盡一切辦法讓小金接受更好的治療！」

「徐老師，李警官，」金臨淵也站了起來回禮，「謝謝你們沒有把我當作神經病，還特意來徵詢我的同意……」

「傻瓜，說什麼呢！」李秩忍不住笑了，揉了揉金臨淵的頭頂。

金臨淵的生活環境裡沒有男性長輩，這動作讓他不好意思得不知所措，只能僵著脖子讓他繼續揉。

徐遙失笑，扶起他，在少年害羞的笑容後方，他看見了金翠敏臉上掠過一閃即逝的擔憂。

「對了，金大姐，有件事要麻煩妳一下。」李秩拿出穆水源的還原人像，「這是根據穆水源的頭骨還原的容貌，妳看看跟本人的相似度如何？」

再次看見這個辜負自己、欺騙自己的人，李秩本以為金翠敏會比較激動，但她卻只是看了看，便點頭了，「嗯，大概就長這樣。」

「大概？」

「已經十幾年了，其實我也記不清楚他到底長什麼樣了。」金翠敏淒然一笑，「多麼刻骨銘心，最後都抵不過時間侵蝕。你以為永遠都不會忘記的人，其實只要生活忙碌起來，很快就會忘了的。」

單親媽媽撫養孩子，還經營著這麼大的農莊，一個「忙」字似乎也不足以概括她這十幾年的苦累辛酸。李秩默默地點了點頭，不再打擾，和徐遙一起離開了。

在返程路上，李秩回了林森電話，約好明天一早回悅城市區拿金臨淵的報告。他還找到了當年李小敏失蹤案中的證人，一一約好了見面談話。

以往徐遙一定會打趣李秩的行程緊湊得像明星一樣，但現在他沉默地雙手抱胸，看著鋪了一床的證據和線索皺眉思索。

李秩蹲在床邊，把他母親郭曉敏的相片也放進去，「還有這個。」

「你真的覺得你媽媽的死，也跟李小敏和穆水源的案件有關？」徐遙指了指那個神祕女子，「跟你母親有關的是這個神祕女子，但目前我們還沒有找到她。」

「直覺告訴我，這兩個人在差不多的時間，都被埋在了差不遠的地方，不可能只是巧合。」李秩道，「那可不是什麼深山野嶺，距離農莊只有那麼十幾分鐘的路程，就算只是隨機棄屍，這也不是一個最好的地方。」

「嗯……你說得也有道理。」徐遙點頭，繼續看著那些證據沉思，李秩卻把東西全都收了起來，徐遙不解，「你幹什麼？」

「早點休息吧，現在也看不出個所以然。」李秩把東西全都整理好，放回資料夾裡，「明天一大早就要出發，你早點睡吧。」

「……你是擔心我再見到林森，會被他刺激到吧？」徐遙一眼就看穿了李秩的小心思，他笑了笑，由著他收拾床鋪，然後脫掉鞋襪往床上一躺，「放心吧，這次我做好心理準備了，沒事的。」

「不可能準備好的。」李秩靠著床頭坐下，把大燈關了，只剩下一盞昏黃的床頭燈。燈光從他肩側滑下來，映得他臉上細小的絨毛和短短的鬍渣特別曖昧。

他拉著徐遙的手臂，把他擺成睡覺姿勢，蓋上了被子，「誰都不可能準備好接受自己父母的死亡的，所謂的準備好，不過是認命，你不會認命的。」

徐遙揚起眼睛看著他半隱沒在暖光中的臉，他掀開被子，撐坐起來，直直地看進他的眼裡，好像有千萬句感人肺腑的話要說。李秩隊他露出了「盡在不言中」的微笑，正要讓他躺回去，徐遙卻勾住他的脖子，窩在了他的懷裡。

「李秩，」徐遙的聲音慵懶又決絕，「我想睡你。」

「嗯？」李秩一愣，這什麼轉折，不是還在為案情發愁嗎？

「我怕明天知道真相以後，我就要去坐牢了，那就要等好久才能睡得到你了。」徐遙攬住李秩的手收緊了些，「那時候我就老了，沒現在好看了。」

「誰說的！你可好看了！」李秩扶起他，捧著他的臉認真說道，「你看你哪裡像三十五歲，皮膚緊致骨肉勻稱氣質乾淨毫不油膩，說你是大學生都有人相信，就算再過十年、二十年，你也一定還是那麼漂亮可愛！而且我跑外勤日晒雨淋，肯定老得比你快！」

徐遙噗嗤一下笑了，李秩這才把他擁進懷裡，「何況我相信你。我不知道為什麼林森會那樣說，但這案情有那麼多奇怪的情況，與其相信他那隱瞞了二十年的真相，我更願意相信你不是凶手！」

「……知道了，肉麻死了。」徐遙拉著他躺下，「寫小說的都沒有你文采好。」

「那不一樣，誇偶像是粉絲的專業。」李秩笑道，他把手勾到徐遙後腦勺抱住，「等查清楚真相，我想你一定又會寫出一本很好的小說。」

「有什麼好的？一個不知道自己是不是凶手的偵探，讀者會罵死的。」

「才不會，這個世界正邪黑白、陰陽乾坤，不都是一念之間嗎？」

「一念……之間？」李秩的話輕微地撥動了一下徐遙的神經，但他太累了，而懷抱又太舒適了，他來不及細想，便已深陷睡眠的誘惑，跌進了黑沉的夢鄉。

翌日早上九點，李秩和徐遙準時出現在林森的辦公室。林森看起來仍是那樣平易近人，看見徐遙時也沒有一點不自在——只是他不再問他想喝什麼茶了。

「林教授，金家母子已經答應了不追究你的非法治療手段。」李秩道，「請你遵守約定，把你所知道的事情說清楚。」

「金臨淵的報告我已經準備好了。」林森拿出兩本厚厚的檔案冊推到李秩跟前，「他在二院裡待了十七天，每天都有詳細的記錄，如果有什麼不明白的話……」他看了看徐遙，「有徐遙在的話，應該不會有不明白的。」

李秩拿起檔案，翻開來便看見了長長的資料清單，比起病歷，更像是一臺機器的調試記錄。

「李警官，金臨淵的報告已經給你了，我想單獨和徐遙說幾句……」

「沒必要。」徐遙打斷林森的話，他拉住正要起身的李秩，讓他坐下，「他都知道。」

「嗯？」林森挑了挑眉，就算徐遙什麼都不做，其實林森也看出來他們之間的關係已經更進一步了，然而連徐峰案的細節也都告訴了李秩……「是因為李泓警官的緣故嗎？李警官，當年你父親調查的手段……」

「我只是旁聽的，林教授不必太敏感。就算要重啟案件，也得有實質的證據，一個人的片面之詞並沒有太大作用。」李秩不想聽李泓對徐遙做過什麼嚴刑逼供，他拍了拍徐遙的手背，示意自己的支持。

「……森哥，」徐遙抬起頭來，從進門到現在，他第一次正視林森的眼睛，還是像在叫他最初尊敬喜愛的那個大哥，「我只想知道那天你到底都看見了什麼。你不要把我當作是其中的當事人，就從你的記憶來複述當天的情況，好嗎？」

「徐遙，上次我語氣太硬了，沒顧及到你的心情，對不起。」林森輕嘆口氣，微微頷首，算是道歉了，「我想你當時肯定也不是一個正常的精神狀態，才會……」

「請你從頭開始說起，好嗎？」徐遙打斷他的話，「不要把我當作當事人。」

「……好。」林森端起茶杯來喝了口熱水，慢慢回憶道，「我記得二十年前的五月份，徐老師說你……說他兒子要和朋友們到袁叔老家的民宿辦個外宿寫作比賽，參加的孩子都是他兒子在學校裡志同道合的朋友，都喜歡寫懸疑小說。他覺得他們這樣很可愛，就對我們這些學生說了很多，所以我也知道他們會去哪裡。在他們外宿的第一天夜裡，徐老師本來該和我們討論一個課題，但是他卻沒有來，也沒有在家，當時我有點擔心他，覺得他一定去找他兒子了，於是我借了一輛車，就到袁叔家的民宿去了。

「車子只能開到山腳，我下車以後就往山上走，晚上的山路很難走，而且那時還下著大雨。我趕到那間民宿的時候，發現大門洞開，徐老師正在和什麼人周旋，我想衝上去幫忙，但我摔倒了，就在我摔倒的同時，我看見那個人往徐老師的肚子上捅了好幾刀……我大叫，那人轉過頭來……」

徐遙緊緊地握住了李秩的手，這是第一次有「目擊者」能夠完整地說出整個過程，也不可避免地把他重新帶回那個讓他窒息嘔吐的可怕回憶。

「那個人披頭散髮，雙眼血紅，圓瞪的眼睛像野獸一樣，我知道他已經失去了理智，根本不在乎自己在做什麼，我當時被嚇得不知所措，一方面是因為那個人狀若癲狂，另一方面是因為，那個人就是徐老師的兒子。」林森的眼神渺茫，從回憶裡聚焦回現在，他看著徐遙，流露出混雜著痛苦憎恨與惋惜可憐的神情，「我嚇呆了，那人看見了我，但是卻沒有管我，他回頭抓起徐老師，一刀割了他的喉嚨。我知道徐老師已經沒救了，我就逃跑了……事後我什麼都沒有跟警察說，一方面是因為我懦弱膽小，怕被人說我貪生怕死，但另一方面，我也搞不懂到底徐老師的兒子身上發生了什麼，為什麼他要殺害自己的父親。而他事後什麼也不記得，我想當年的民宿裡一定發生了什麼讓人意識混亂的、類似曼森邪教別墅那樣的狀況，才會讓他做出這樣的惡行，所以我選擇了沉默，想要研究那是怎麼一回事。包括金臨淵，我也是想研究夢遊這種類似被催眠的狀態下，人到底能做到些什麼，我做的一切都是為了找出真相……」

「我記得你上次說的是，你不想讓徐峰落得自己是做心理研究卻死于心理變態的兒子手下的名聲，才保持沉默的。」徐遙的呼吸變得急促了些，他重重地吸了口氣，不想再聽林森冠冕堂皇的言辭。

「林教授，在徐峰教授的屍檢報告裡，他的腰腹，還有頸脖，都沒有受到刀傷。」李秩皺眉，「你看到的人，可能不是徐教授。」

「不可能！我怎麼可能認錯徐老師！」林森斬釘截鐵，倒不像是說謊，「我不知道到底出了什麼差錯，或者是邵琦為了保護兒子而動用了體系裡的什麼關係。總之我的眼睛看到的就是這樣的事實，我沒有必要污蔑一個孩子！」

「我知道你沒有污蔑他。」徐遙揉了揉眼睛，他沒有流淚，只是眼眶發澀，「最後一個問題，你當時在民宿附近有看見松樹嗎？有聞到松香的味道嗎？」

林森詫異，「我沒有聞到松香，當時下大雨，就算有什麼味道也被沖走了吧？至於松樹，天太黑了，我沒有留意。」

「……好的，謝謝你。」徐遙起身，端端正正地向林森鞠了個躬，「謝謝你。」

林森愣了一下，他不自覺地挺了挺身體——他不只是在感謝他告訴他徐峰案的線索，他還是感謝他這麼多年來的照顧，不管是真心還是假意。

「我們走吧。」

但林森沒來得及說些什麼，徐遙便挺直了腰，他拉著李秩的手臂，轉身離開了他的辦公室。

「松香……」林森默默地目送著這個已經長得那麼高大的孩子離開，忽然嘆了口氣。

他記起了曾經有一個深愛的人，也喜歡略帶苦澀的松香味道，於是他家裡總有那麼淡淡的松樹繚繞的氛圍。

可是她已經離開他了，林森又嘆了口氣，那些他重視的人一個個離開了他，到底是他追求的方向錯了，還是他追求的目標本身就是錯的？

剛剛走出辦公大樓，徐遙僵硬的背脊便垮了下來，腿腳發軟地往地上蹲。

李秩撈著他的腰，拉著他的手臂橫過自己肩膀，把他扶到草坪旁邊的石凳坐下，輕輕地順著他的背，「深呼吸，不要急著喘氣，小心過度換氣。」

「……你當我生孩子呢，李警官。」徐遙緩了一會，臉色蒼白地向李秩展開虛弱的笑，「我還是第一次聽到這個版本……他是唯一一個能清醒地說出整個過程的人……」

「可是這不代表他說的就是真相，」李秩搖頭，「真話不一定就是真相。」

「但也肯定反應了真相的某個部分，」徐遙摘下眼鏡來揉了揉臉，再次戴上眼鏡時，已經勉強平復了下來，他看了看時間，「你約的證人是幾點？」

「我沒想到林森會那麼輕易地交出報告，預留了兩個小時的空檔。」李秩指了指大學門口的咖啡廳，「我們可以過去休息一下。」

「休什麼休，看報告。」徐遙把一份檔案拿過來掂了掂，還不輕，「你真打算讓我一個人看啊？」

「我不是想推卸責任，可是我看不懂。」剛剛李秩已經大略看了某一天的報告，光是治療前記錄就有兩頁，「不然你教我怎麼看？」

「藥物、儀器還有各種生理讀數的記錄你可以不看，就看文字表述的結果吧，比如這些。」徐遙湊頭過去，手指在翻動的書頁間滑行，解釋要領的語調輕柔得像羽毛般撩人，李秩失神了一下，不禁想學生時期的徐遙在複習功課時是不是也像現在這般，但他很快就收斂了遐想，記下徐遙教他的看懂報告的方法。

大年初二，除了大型的連鎖餐飲，其他小店都放假了，兩人窩進一家咖啡店裡避風，點了一杯咖啡一杯奶茶，安靜地翻看著金臨淵那十分詳盡的報告。

記錄的細節很多，但李秩只能看懂每個實驗後的文字總結。可以看出金臨淵一開始進行治療時不算順利，往往出現抽搐癲癇之類的被記錄為「抗拒反應」的狀況。但在一個星期以後，情況開始好轉——李秩不知道是因為林森使用了什麼新藥物，還是小金終於對他打開了心扉——他能夠進入深度催眠，並且能在催眠狀態下回答問題，可是他每天所說的內容都不相同，並且有所矛盾，而金翠敏說的那些惡夢的副作用也在此時出現。

李秩把那些矛盾的地方逐一標記了出來：

第八天，第一次催眠

—你現在在一個最舒服最安全的地方，你能形容一下這個地方嗎？

—很香，像牛奶一樣的香，像奶油一樣的香……沒看見什麼東西，哦，有東西，是蚊帳，或者像蚊帳一樣的東西，白白的，朦朦朧朧……有聲音，就是家裡的聲音，電視的聲音，倒水的聲音，摺衣服的聲音……人？有啊，媽媽，媽媽泡牛奶給我，媽媽還向我扮鬼臉。

—一直只有媽媽一個人嗎，沒有其他人來看你？

—不是一個人，有兩個。

—那除了媽媽還有誰？

—只有媽媽。

—你能說說媽媽長什麼樣子嗎？

—媽媽就是媽媽的樣子。

—現在媽媽牽著你的手，帶你出去玩，媽媽說要帶你去一個遊樂園，你跟著她走啊走，現在，到了，你看看這個遊樂園是怎麼樣的？

——樹，全是樹，不好玩，媽媽，我不想在這裡玩……

——再堅持一下，我們看一看除了樹還有什麼？

——不要，我不要在這裡玩！媽媽！不要打媽媽！媽媽，媽媽小心！

（病人極度驚嚇，終止催眠）

第九天，第二次催眠

——現在我們在一個很安全的地方，絕對沒有人會傷害你，你想要把媽媽也接過來嗎？

——好，把媽媽也接過來。

——有壞人要傷害媽媽嗎？

——不是壞人，但是他傷害了媽媽。

——那個傷害媽媽的人是誰？

——是媽媽，也是爸爸。

——媽媽也是爸爸？

——媽媽說媽媽也是爸爸。

——你的媽媽除了金翠敏，還有另一個人，對嗎？

——我不知道。

——是金翠敏說，另一個人既是你的爸爸也是你的媽媽，對嗎？

——我不知道。

（病人無法表達概念差別，終止催眠）

第十天，第三次催眠

——我們在一個很安全的地方，我們在一間電影院裡，銀幕上正在播放的是一個恐怖片，你看見了什麼？

——有人吵架。

——什麼人在吵架？

——媽媽吵架。

——媽媽和誰吵架？

——媽媽和媽媽，媽媽和爸爸吵架。

——金翠敏是其中一個嗎？

——是。

——那另一個人長什麼樣子？

——長頭髮，穿裙子，身上香香的。

——那這個人是媽媽還是爸爸？

——是媽媽。

—我們繼續看電影，媽媽在吵架，那金翠敏媽媽和香香的媽媽在吵什麼？

—我不知道，我聽不懂。

—她們做了什麼動作。

—……媽媽不要！媽媽！不要殺我媽媽！

（病人掙扎抽搐，終止催眠）

第十一天，第四次催眠

—今天我們會看望一個很親切的人，她從你很小的時候開始就陪在你身邊，她有著長長的頭髮，穿著裙子，而且她身上有香香的氣味，你看看，那是誰？

—你是誰，我不認識你。

—我是跟你媽媽吵架的人，你不記得我了嗎？

—不可能，那個人是我爸爸，你不是爸爸。

—那傷害你媽媽的人，也是你爸爸嗎？

—就是你，就是你殺了我爸爸！我討厭你！我討厭你！你滾！……不要！不要！媽媽！媽媽不要！

（病人出現抵觸，情緒混亂，終止催眠）

類似的催眠在接下來的六天裡也繼續進行著，但金臨淵當時只有十一歲，可以看出他的表達方式偏向感性，而他的各種觀念仍然很模糊，在催眠中經常出現顛三倒四的描述。李秩看得很吃力，好不容易把自己那部分看完，正想和徐遙討論一下，卻見他雖然也眉頭緊皺，但不像他那樣迷惘喪氣，反而像看到了什麼線索，正在用心推敲。李秩便閉嘴不語，繼續研究，時間一分一秒流逝，他們才收起了檔案，前往那幾個證人的住所再次詢問。

李小敏雖然來自鄉村，但她勤奮好學，刻苦用功，考到了悅城大學的物理系。讀理科的女生本來就少，而她的表現一直很好，後來還因為成績優異而留校擔任助教，聯繫到的證人是當年和她同班的好朋友、畢業後一起工作的同事，還有一位已經頭髮花白的退休教授，就是她當年極力推薦李小敏當助教的。說起這個學生，教授還是忍不住長籲短嘆，說她當時就想過要介紹男孩子給她，如果李小敏認識的是好人家的男人，也許就不會死得那麼慘。

看來她們都還是以為李小敏是被那個沒有露過面的「男朋友」殺害的，李秩把神祕女子的照片給她看，她也認不出個所以然。

「奶奶，他說的李小敏是十幾年前常常來我們家的小敏姐姐嗎？」一個二十出頭的大孩子從房間裡鑽出來，也許是最近警察來得頻繁，他忍不住好奇。

「是啊，就是那個烤餅乾給你的姐姐。」

「啊……她做的菜超好吃，而且數學超好，四則運算都是她教我的！真可惜啊！」

「這位是……」

「哦，這是我的孫子，在外地讀大學，這幾天過年放假了才回來的。」老教授拍著孫子的手嘆氣，「這就過去十幾年了啊……」

「哦……」

難怪之前的筆錄裡沒有他，十年前他只是個小孩。李秩也向他補充問了幾個問題，但他只記得一些孩童時期的回憶，不外乎吃喝玩樂，儘管讓他們更清楚李小敏的性格，但對案件來說沒有實際的幫助。

走訪證人的工作至此完成，但案情毫無進展，李秩回到車上，有些洩氣。他看向徐遙，舉起手掌在他面前揚了揚，「徐老師，徐顧問，你已經思考很久了，可不可以傳道解惑一下？」

「我也沒什麼頭緒。」徐遙卻搖了搖頭，他靠到椅背上，伸個懶腰閉上眼睛，「好睏，我補個眠，到金家了再叫我。」

「啊？」

李秩完全摸不著頭腦，但徐遙還真的兩眼一閉就睡著了。李秩失笑，他想起從前他還會叮囑他不要疲勞駕駛，現在倒好，明明一樣一大早起來，一樣看資料找線索，一樣奔走排查，他睏了就補眠，倒不擔心他這個司機會打瞌睡。

難道這就是傳說中的到手了就不珍惜了嗎？

李秩想到「到手了」就傻笑了起來。沒關係，我珍惜就行。

李秩伸手去拿放在後座的毯子，輕輕幫徐遙蓋上，才開車回悅麗區。

這兩個小時的車程裡，徐遙睡得十分熟，一聲哼哼也沒有，下車的時候還有些呆呆的感覺。金翠敏才剛開門，什麼都沒來得及說，徐遙便說要洗把臉，匆匆往裡頭跑。

李秩只能尷尬地笑笑，把厚厚的紀錄遞給她，「這是小金的治療記錄。我是外行人，看不出什麼。但是我還有徐遙都認識很好很專業的醫生，如果你們需要，我們一定會幫忙的。」

金翠敏把文件緊緊地抱在胸前，她的手都在發抖，「好讓我兒子再受一次這裡寫的罪嗎？我不想再讓他經歷一次……」

「媽！」金臨淵跑了出來，他一眼看見那厚實的檔案，臉色就沉了下去，惴惴不安地問道，「李警官，我、我的病，和那兩具屍骨有什麼關係嗎？」

「我們還需要尋找更詳細的證據，」李秩拍拍他的肩，「面對內心的恐懼真的很難，但你有這個決心和勇氣已經很難得了，慢慢來，不要把自己逼得太緊。」

「我可以看這些檔案嗎？」金臨淵雖然親身經歷，但他卻對治療過程一片空白。

「當然可以……徐遙！」李秩正在和金臨淵說話，卻看見徐遙被一個女工模樣的人趕了出來，他連忙跑上去擋在徐遙跟前，「怎麼了，發生什麼事！」

「沒事沒事，一場誤會！」徐遙一邊搖頭擺手一邊把眼鏡戴上，「我剛剛洗臉，摘了眼鏡，沒看清楚路，誤闖了她們的私人空間，難怪人家把我當賊。」

「小美，這是警官，沒事沒事。」金翠金把工人叫回去。

「啊，我還以為是賊呢，警官怎麼跑我們後頭去了？」名叫小美的工人嘀嘀咕咕地，徐遙又跟她道了一次歉，才和李秩離開了金家。

一上車，李秩就捉住徐遙的手腕，「快說，你到底在謀畫什麼？我可不相信你真的什麼想法也沒有就去偷窺別人住的地方！」

「李警官，到手了就不珍惜了？會痛。」

徐遙好整以暇地朝李秩眨眼，李秩知道他在打趣自己，紅著耳朵鬆開手，「那你快說你到底留意到了什麼，別什麼都藏在心裡。」

「我沒藏著什麼，只是想確認一下。」徐遙拿出手機，他剛剛跑到後頭去拍了幾張照片，把金家私人起區的環境都拍下來了。

其中一面照片牆上滿是金家農莊從最初一個小吃店到發展到今天的規模的歷史，照片裡的金臨淵也從抱在懷裡的小嬰兒逐漸長大，「李秩，你覺不覺得這個案件中，李小敏和金翠敏都和你母親很像？」

「像？哪裡像？我媽媽……」李秩本能地就抗拒這個說法，但他稍一思考，就明白了徐遙說的「像」是什麼原因：「李小敏跟我媽一樣，都是學理科的，後來做科學研究，是能夠經濟獨立的女性，但性格卻很溫柔，喜歡小孩，還會做菜……」

「我不知道金翠敏的學歷怎麼樣，但是從經濟獨立，喜歡孩子跟做菜這幾個方面來看，也屬於這個類型。」徐遙道，「那神祕女子既然先後喜歡了你媽媽和李小敏，那她跟金翠敏會不會也有這方面的關係呢?」

李秩一愣,「可是穆水源肯定是個男人啊,不然怎麼會有小金?而且我覺得她說起穆水源的時候,那個愛恨交加的模樣不像是裝的……」

「你看小金的報告時,有沒有覺得很混亂?」徐遙繼續解說自己的看法,「他在催眠下所說的話語裡,媽媽和爸爸的概念很混亂……或者說,他對男女的概念很混亂。」

「……嗯,對,的確是這樣,你想說是因為他從小都被女性撫養長大,所以沒有清晰的性別觀念?」

「不是,他是搞不清楚什麼是男女,因為他從小看見的爸爸媽媽,就是一會兒是男的,一會兒是女的。」徐遙看著李秩的眼睛,「我的想法還只是個推測,沒有任何證據,你明白吧?」

李秩點頭,「我明白,找證據是我的工作,你大膽假設,我小心求證就是了。」

「我的想法是,這個穆水源就是我們一直尋找的那個神祕女子。」徐遙說出這句話時,腦海中穆水源的畫像和神祕女子的照片重疊在了一起,忽略掉那些化妝打扮,這兩個人的確長得很像,「穆水源是一個有易服癖的異性戀,李小敏也不是同性戀,她喜歡穆水源的時候是以為他是正常的男人,才會跟家裡說帶男朋友回去,但隨後發現他有易服癖,一時沒有辦法分手,所以她沒有把他帶到自己的社交圈裡,她的家人朋友便都沒見過穆水源。」

「但是金翠敏認識穆水源是十五年前，李小敏失蹤是十年前，那這五年間，難道穆水源一直和金翠敏維持著關係？」李秩搖了搖頭，「如果是這樣的話，不可能這裡沒人知道，穆水源應該是真的騙了金翠敏，他不是來自首都，穆水源可能是個假名，他回到了悅城市區，又認識了李小敏。但他們怎麼會被埋在了小鳳山那個地方呢？」

「……如果，其實穆水源一直都在這裡，只是大家都不知道是他呢？」徐遙一個激靈，「走！我們找遊叔問問十五年前的事情！」

「遊叔？」

「你忘了遊筱說過他是靠家裡的關係才進了派出所嗎？」徐遙在照顧遊筱時聽他說過家裡情況，「他爸在這區一直挺有名望的，還是這裡的第一任派出所所長。他應該會記得這裡的人事變動的。」

「你什麼時候跟遊筱那麼熟了？」我不就離開過幾個小時嗎？

「……他那時候發燒說夢話，我聽到了。」徐遙不想這個時候去揭遊筱的傷疤，也擔心李秩知道自己幫助過的那個女孩還是沒有逃脫魔掌會難過，便瞞了過去，「等見了遊筱你可以自己問他。」

「我又沒有不相信，幹嘛還要特意問他？」

李秩覺得自己吃醋的小心思被發現了，眨眨眼蒙混過去，便趕去找遊謙了。

兩人來到遊家的時候，遊謙正在廚房裡為遊筱煮粥。他聽李秩問起金翠敏，搖搖頭把火關小了，「小翠的日子也很難過，她本來不是這麼潑辣的，但生活逼人。你不欺負人家，人家也可能來欺負你。」

「遊叔，金翠敏她未婚生子這件事，你還有印象嗎？當初大家都說過什麼？」

「能有什麼好話，都說她不知檢點不知羞恥，她媽知道她懷孕的時候一口氣沒喘上，心臟病發走了。她靠著一間店走到今天，真的很不容易了。」遊謙嘆口氣，點了根菸，「她還沒二十歲就開店了，那時候這裡還沒開發，只有一間民宿，用來招待那些到從前的農科院考察的公務員，遇上有很多人的考察團時就把做飯這塊外包給她。她就這麼一點點積累起來，生活好不容易才有點起色，她兒子又得了那樣的病，唉……」

李秩想起了那塊刻著「悅城農科院實驗基地」的半截奠基石，徐遙點點頭，「我知道，那時候袁伯伯的兒子就在那裡工作，所以袁伯伯才會把老屋裝修成民宿。」

而那間民宿後來卻成了徐遙的父親的喪命之地——李秩趕緊把話題扯回來，「金翠敏一直是自己經營小吃店嗎，沒有別人幫忙？」

「我想想，太久以前了……」遊謙深深抽了兩口菸，拇指食指一撚，把煙頭撚滅了，「我記得後來農科院搬走了，大概是兩千年，這邊開始搞其他的生意，小翠是第一個開這種休閒農莊的。那時候她只有一個幫忙的女工，卻能經營得有聲有色。她生孩子那段時間也是那個女工幫忙，但後來她就走了，聽說是嫁人了。」

「那個幫忙的女工叫什麼名字？」李秩一驚，「長什麼樣子？」

「好像叫阿木，她不怎麼理人，我也不知道她的全名。」

徐遙連忙把李小敏跟神祕女子合照的照片遞給遊謙，「你看一下，是不是這個女人？」

「不是不是，你們是怎麼說的？時尚？阿木沒有這麼時尚，就是普通的農村女人，她怕生又害羞，都不怎麼跟人說話的。」遊謙連連搖頭，「這個女人漂亮多了！」

「……你再看看這個。」李秩把穆水源的畫像展開，拿起一塊木炭把平頭的髮型改成清湯掛麵的長髮，「你想想如果是這個長髮的髮型，那這人長得像不像阿木？」

「嗯？」遊謙皺著眉頭，拿著那張畫左看右看，「好像有一點，但是也不一定吧，太久以前了，我也認不出來……啊！對了對了！我有照片！」

遊謙說著就跑了出去，他在客廳的電視櫃抽屜裡挖出一本厚厚的相簿。翻著翻著，找出了一張時間顯示是二〇〇四年六月的照片。那是一張十幾人的合照，手裡拿著一條橫幅，是某間公司的員工旅遊留影，把小吃店的工作人員也拍進去了。

「你們看，這個就是阿木。」

李秩恨不得拿放大鏡來看。雖然照片很清晰，也是彩色的，但是那個站在最外緣的阿木，可以看得出來個子挺高挺壯，但是她卻做了個撩額髮的動作，把臉擋住了一大半，只露出一點下巴和臉型，實在沒有辦法判斷她是不是那個神祕女子。

「李秩，你看這個！」徐遙驚呼一下，指著阿木撩頭髮的手，「這是不是那個戒指?!」

「什麼戒指……戒指?!」

那枚戒指，和金翠敏家裡裏在琥珀擺設裡的一模一樣！

金臨淵一頁頁地翻過那厚厚的記錄，他李秩一樣，看不懂裡面的資料術語，只能看文字描述的部分。他完全不記得自己說過這些難以理解又混亂矛盾的話，但那娟秀的鋼筆字讓他記起了那段時間裡的痛苦和恐懼。他這兩天把自己關在房間裡，希望能強迫自己想起更多的夢境，或是真相。

金翠敏偶爾來敲門，給他送吃喝的東西，或者看他有沒有睡著。但當她看見他眼下那塊青黑和頹唐的神情，便知道他這兩天都沒睡覺了。

「小淵，你聽媽媽的話，先睡一會好不好？」金翠敏蹲在金臨淵身邊哄道，「媽媽會在這裡看著你，不會讓你跑出去的，如果你睡不著，上次醫生給你開的安眠藥……」

「媽，我沒事的，我還不睏。」金臨淵搖頭，「我睏了就會去睡，妳放心吧。」

「可是……」

「媽媽，我真的沒事，」金臨淵扶起金翠敏，把她往門外趕，「我待會下去吃飯。」

「小淵……」金翠敏被金臨淵趕到門外，房門砰地關上。她想敲門，可她知道她再敲也沒有用，他執著於尋找那使他陷入夢魘的事實，什麼都阻止不了他。

都是那個女人害的，金翠敏咬牙，如果沒有那個女人，小淵根本不會變成現在這樣。

金翠敏不服，那個女人要求阿木打扮成正常人去見她父母——正常人，在她眼中，阿木是不正常的，不管他的品行性格如何，就因為他喜歡打扮成女人，他就是不正常嗎？

金翠敏不服，那個女人要求阿木不能再見她們母子，以後有了孩子也不能在孩子面前扮女裝——她家小淵一直都看著阿木扮女裝，小淵有什麼心理障礙了？

那個女人到底有什麼好？她根本不能接受阿木真實的一面，阿木卻像瘋了一樣要為了她離開她。

她不能接受這樣的結果。她是個要強的女人，她可以接受愛人死了，但不可以接受愛人變心。

她沒想過要殺人，不然她也不會抱著孩子去跟她談判。可是那女人居然恬不知恥地說她只是替身，說他在夢中都喊著她的名字。

先來後到，說替身，也該是妳當我的替身。

金翠敏握緊了茶杯，咬得牙根發緊，才被女工小梅推醒了，「老闆！那些警察又來了！妳快去看看！」

「那些警察？」小梅見過的應該就是李秩和徐遙了，金翠敏一邊想才相安無事了兩天怎麼又來了，一邊往大廳走去。卻看見不只李秩徐遙，派出所的副所長洪錦也在，她疑惑地上前，「李警官，副所長，你們怎麼都……」

「金翠敏女士，妳涉嫌殺害穆水源及李小敏，請跟我們回去協助調查。」這次是洪錦說的話，他拿出一張逮捕令，「金大姐，妳就跟我們走吧，鬧起來了嚇到小金也不好。」

「……你們憑什麼說我殺人?!」金翠敏瞪大眼睛，她一把抓住李秩的手臂，「我這麼配合你們調查，也不追究林森，你卻冤枉我殺人?!」

「我也希望是有什麼內情我們還沒查到。」李秩不得不拉開她，他拿出一份鑑定報告，「先從這個戒指說起吧。」

「戒指?!」金翠敏立刻轉頭去看電視櫃，卻發現一直放在那裡的琥珀擺設不見了。

「那天我確實當賊了。」徐遙開口了，他指了指站在後頭的小梅，前天他就是被她喊捉賊的，「我把那個裹著一枚戒指的琥珀擺設偷走了……一開始我只是想再仔細研究一下，但沒想到它居然成了證物。」

李秩道，「這枚戒指上不只檢驗到了穆水源的血跡，還有李小敏的。我們向工藝廠聯繫過了，師傅說妳十年前跟他們說要訂做一批紀念品，用這個戒指來打版，打版完了妳說不適合就沒下訂單。」

「金大姐，我們還是到派出所說吧，」洪錦看金翠敏的臉色越來越難看，就知道她已經無話可說了，「別讓孩子聽見了。」

「不讓他聽見，他以後就不會知道嗎？」金翠敏這話相當於承認了，她轉過頭去凝視著徐遙，眼神裡帶著怨懟，「我以為你是真的想幫小淵。」

「我是在幫他，」徐遙深呼吸一口氣，這眼神讓他想起了他母親。偶爾，非常偶爾的時候，她也會這樣看著他，不是恨，卻帶著比恨更幽怨的情緒，好像在問為什麼他要讓她淪落至斯一樣，「只有真相能幫他，只有真相能讓他不再做惡夢！盲目的母愛和那些『為你好』的阻撓都幫不了他，只會讓他更加混亂和困惑，承受永遠都走不出謊言的痛苦！」

「讓他痛苦的人不是我！」面對徐遙的步步進逼，金翠敏大喊著反駁，「不是我！不是我！」

「媽！」

少年震驚的呼聲傳來，金翠敏一愣，金臨淵已經飛奔過來，把抱頭大喊的她抱住了，「媽，妳怎麼了？」

李秩和徐遙對視一眼，默契地分開了他們。李秩握著金翠敏的手臂把她帶走，徐遙按住金臨淵的肩膀，不讓他追上去。

「小金，冷靜一點，這件事很複雜，我會跟你說清楚的。你現在先冷靜一下，可以嗎？」

「你們要把我媽媽帶去哪裡，警察局嗎?!」金臨淵瞪大了眼睛，「不是，我在被人催眠的時候說的話都是幻想，你們不要相信！」

「小金，警察不會因為一份心理報告就抓人的。」徐遙捉住金臨淵的手讓他坐下，「你在家裡等一下，等所有事情調查清楚了，我一定會原原本本地告訴你真相。」

金臨淵好像已經從那些報告中的紀錄猜到了什麼，或者是埋藏在他心裡一直不敢面對的恐懼終於到了不得不面對的時候。他雙眼泛紅，囁嚅著低聲道：「真的，都告訴我？不會騙我了？」

「不會，我絕對不會欺騙你。」

徐遙緊緊握住了他的手，像握住十五歲的自己。

李秩一言不發地打量著坐在偵訊室裡的金翠敏，在徐遙跟他分析過穆水源所尋找的女伴都有一些共同點以後，他不由得在這個女人身上尋找和他母親契合的的特徵：郭曉敏在李秩心裡的印象一直都有童年濾鏡，以至於他完全沒往這方面觀察過金翠敏的外貌。現在留意起來，他才驚覺她和郭曉敏的臉型、五官，甚至身材比例都有著幾分相似，只不過金翠敏被生活逼出了強悍的氣勢，沒有——或者是磨蝕了曾經有過的、埋頭研究不理窗外事的郭曉敏的書卷氣。

而現在這個強勢的女人終於可以卸下一身的盔甲了，李秩想，她是什麼時候變成這樣的呢？是在保護金臨淵成長的過程中？還是她發現自己被愛人背叛後，便選擇了不再和世界友好相處？

「金翠敏女士，在二零一八年二月十四日，也就是農曆廿九，在小鳳山南麓，距離妳家農莊幾百米的地方發現了李小敏的屍骨。二月十六日，又在同樣的地方發現了被妳稱為穆水源的男性屍骨，同時在妳的家裡發現了染有兩人血跡 DNA 的戒指。請妳就這件事做出解釋，坦白交代。」

洪錦還是第一次說這樣的話，他有些緊張，基本上是照本宣科念的。只有李秩注視著金翠敏，留意著她的神情。

「就是跟你們猜測的一樣，是我殺了那對狗男女，埋在了那裡。」金翠敏臉上不再有恨怨，連語氣都很平和，「穆水源是一個欲望正常的男人，但是他喜歡打扮成女人。我知道這件事，但是我沒有覺得他變態，我接受他的愛好，他以女工阿木的身分和我生活在一起，我們又有了小淵。本來我們過得很幸福的，但小淵四歲的時候，他認識了回家探親的李小敏，兩人看對眼了。

「可是李小敏覺得水源的愛好很丟人，她要求他只有在和她兩人獨處的時候才能扮女裝，其他時候都要像個正常男人。我以為水源會發現我才是真的愛著他的全部的人，可是他居然答應了她，甚至要以男人的身分和她結婚。我這麼多年來為了讓他能不暴露男人身分，連跟他祕密去登記都沒有，就是擔心被人認出來。

「但是他居然要和李小敏結婚，我不服氣，就去找李小敏談判。那個李小敏看起來知書達禮，卻寡廉鮮恥，明知道水源已經有妻兒還要拆散我們，還說什麼國家不承認事實婚姻了，就算我生了孩子，最多就是賠錢給我，再狠心點的話甚至可以搶走小淵的監護權。

「我一聽她要搶我的孩子就急了，於是趁她趾高氣揚轉身離開時，把本來繞在小淵身上的背繩拆下來勒住了她的脖子。我當時氣暈頭了，直到水源剛好趕到大喊，我才清醒過來。可是他一點也不關心我，他只顧著他的小敏！他還抱起大哭的小淵威脅我。虎毒不食子，他這樣做讓我徹底死心了，於是我放開了李小敏，假裝服從，然後趁他去抱那個女人的時候，一刀劃了他的喉嚨。」

金翠敏說到這裡，長長地嘆了口氣，語氣也嗚咽了起來，好像平靜說話的人不是她，現在這個傷心難過的人才是她，「直到小淵哭得咳個不停，我才回過神來，才意識到自己做了什麼。但是我那時候的心情卻很奇怪，我不認為地上躺著的那個人是我的愛人，我覺得他就是一具肉體，跟我殺的雞鴨鵝一樣，只是肉罷了。我甚至抱著小淵唱歌哄他，直到他累了睡著了，我才把他們都埋了，抱著小淵回家，幫他洗澡、換衣服、煮米糊，我一邊餵小淵吃米糊，還一邊看電視。我從來都沒有丈夫，現在也一樣沒有，我就是這樣想的。警官，你們是不是覺得我很可怕，覺得女人一翻臉就很恐怖？」

「……最開始推斷凶手跟死者有親密關係的人是徐遙，」李秩卻道，「因為他看見了妳與和凶器一起埋葬的那個玻璃盒。我猜那是你們的照片，或者書信吧？」

「是又如何？」

「妳大可以一把火燒了撒在土裡，什麼都不會留下，卻用密封盒子把它裝起來埋了。」李秩道，「對待仇人都是挫骨揚灰的，我們只會為心愛的人舉行葬禮，代表妳還在乎那份感情，妳要給它一個正式的終結。」

「所以他猜到了那個戒指是證物？」金翠敏微張著嘴，隨即露出苦笑，「我還以為你們是從小淵的心理報告裡猜到的。」

「我們的求證是多方面的，」李秩不置可否，接著問道，「能不能告訴我妳為什麼要在穆水源的胸口補上幾刀？妳已經割了他喉嚨，他一定死定了，為什麼要多加那幾刀？」

「我想最後擁抱他一下……」金翠敏淒然的笑容中都泛起了淚光，「可在我擁抱他的時候，他忽然動了動，我不想讓他痛苦，於是想往他的心臟補一刀。但是人畢竟不是雞鴨鵝，我瞄不準，所以刺了三刀，他才徹底不動了……李警官，你說，他那時候是想推開我，還是也想抱抱我？」

「……金臨淵當年雖然只有四歲，但是巨大的衝擊還是讓他記住了你們扭打廝殺的場景。他那時還分不清性別和著裝的概念，也不知道爸媽有什麼區別，這個感受和他長大後在社會中認識的性別意識是衝突的，所以他的夢境裡總會出現矛盾的景象，不知道到底是誰殺了誰，也不知道到底誰是男誰是女。」李秩挺直了腰背，盡量不讓自己的話語帶上自以為是的批評，但他實在無法不聯想到同樣被一個混亂的回憶折磨多年的徐遙——人本來就是偏心的，「妳想要保護他，但是他最深沉的惡夢，卻是妳給的。」

金翠敏臉上的所有肌肉都在瞬間凝固了，無論是悲憤、傷心、憤怒還是怨恨，通通都定格成塑膠人似的詭異面貌。也許她也聽見了李秩的弦外之音：金臨淵從那時候開始罹患夢遊症，他一次次擺動幼小的軀體，掙扎著離開那張床，也許他想掙脫的是那個殺害了另一個媽媽的可怕的媽媽。他甚至回到了案發地點，甚至去挖掘泥土，他其實是想要找回那個總是香香的媽媽吧？

塑膠面具在一聲慘叫中崩裂，金翠敏趴在了桌子上，嚎哭了起來。

洪錦沒見過這種場面，嚇了一跳，「副隊長，這，這沒問題吧，不會說我們嚴刑逼供吧？」

「有錄影呢，怕什麼？」李秩讓洪錦安心，就那麼坐著等金翠敏哭完。

洪錦手足無措地陪著等，過了差不多十分鐘，金翠敏才哭累了，竭力的嚎哭才變成斷續的抽泣。

「如果妳真的想還小金一個好夢的話，是不是也該坦白了？」李秩等她抽泣的節奏緩和了才繼續說道，「穆水源的真名到底是什麼？」

金翠敏抬起頭來，她的眼睛完全浸泡在淚水之中，在哭紅的眼眶中，彷彿滿眼血水，「你說什麼……」

「妳知道穆水源是假名，不然妳不會那麼篤定我們找不到他的親屬。」李秩道，「而且，他一定是一個在悅城生活很久的人。一個生活了那麼久的人突然失去聯繫卻沒人報案，這表示他一直有跟認識他的人聯繫，那些人都知道他安好。也許是通信也許是簡訊，偽造這個聯繫的人只能是妳。」

金翠敏皺眉，又擠下了幾串眼淚，「你為什麼說他是在悅城生活很久的人？」

「……這裡面的女人，是我母親。」李秩把女裝穆水源偷親他母親的照片放在桌子上，「她叫郭曉敏，知曉的曉，敏睿的敏。」

「郭曉敏，李小敏，金翠敏，哈哈，哈哈哈！」金翠敏定眼看清了那照片，突然捶著桌子笑了起來，「原來我也是替身！我也是替身！哈哈，哈哈哈！」

「替身？」李秩皺眉，「妳說什麼替身？」

「我一直以為，他找李小敏，是因為我老了，不好看了，所以他才跟長得和我有幾分相似的李小敏出軌。李小敏那個賤人還說他做夢都喊著她的名字，哈哈哈，原來我們都是替身，都是你媽媽的替身！」

「……說吧，這個穆水源的真名到底叫什麼，他的親屬在哪裡？」李秩無意判斷上一輩的愛恨情仇，他只想解決眼下的這個案件，解開這個讓他父親李泓糾結多年的、他們父子之間的心病。

「他叫袁沐，是從前在這裡的農科院試驗田工作的人。他有一個父親，在悅城裡開書店，我每隔幾個月就寫信給他，但是他從來不回覆。他說他們的父子關係不好。」金翠敏氣若遊絲，說完這段話便趴在了桌子上，連哭泣都無力了。

李秩一怔，「他父親是叫袁清嗎?!」

金翠敏點了點頭。

李秩放在膝蓋上的手一瞬間抓緊了。

第九案　無瞳之眼

THE LAST CRY FOR HELP

這個新年徐遙過得動魄驚心，曲折離奇，一為案情二為感情。他本以為金翠敏認罪後一切就在意料之中，沒想到最後竟然拋出了穆水源其實是袁清的兒子袁沐，這種對他來說如同驚雷的消息。

好不容易等李秩講完，他滿腦子的疑問便霹靂啪啦地倒了出來，「不可能，如果金翠敏冒充袁沐寫信給袁伯伯，袁伯伯怎麼會對所有人說自己的兒子死了？」

李秩搖頭，「金翠敏說袁伯伯從來沒有回過信，也有可能信寄丟了。」

「即使寄丟，袁伯伯也會報案說自己的兒子失蹤了啊。而且袁沐在農科院實驗田工作過，他的主管和同事……」

「我打電話向農科院確認過了，人事科說袁沐確實在試驗田專案裡工作過，但是搬遷以後他就離職了。那是二千零一年，十六年前的事情了。」李秩道，「袁沐應該就是那個時候和金翠敏同居，然後懷了小金。」

「……這太奇怪了，我們去跟袁伯伯問清楚這是怎麼回事。」

一看徐遙又開始用力抹嘴唇，李秩就知道他又開始焦慮了。他捉住他的肩膀和手，讓他轉正身體，抬起頭看自己，「你不說我也會這樣做，況且，我們還得幫小金找一個監護人，如果袁伯伯真的是他的爺爺……」

「……你這邊的工作還要收尾多久，要不然我先回去？」事關袁清，徐遙一刻都等不及。

「今天就可以走了。」李秩不放心徐遙自己去問話，「我陪你去，畢竟還涉及一些案情，我在場的話比較符合程序。」

徐遙聽到李秩說道「符合程序」，好像明白了什麼，「你可以回去上班了？」

「嗯……」李秩含糊地應了一下，搔了搔髮根——張藍調侃他「你放假鬧出的案子比上班還大，都已經涉及反恐了，再繼續放假恐怕你就要上天了！」，看來是何樂為也幫他說了好話。

「那就好。」

徐遙的神情一瞬間變得有些奇怪，像是瘋玩了一個暑假的學生忽然發現明天就要上學似的，他轉過身去推了一下眼鏡，有點裝模作樣的心虛。

李秩從後攬住他，「怎麼了，我上班了沒空陪你，你不開心嗎？」

已經預料到會收到一個白眼，但是徐遙居然沒有反駁。他垂著眼睛，薄薄的緋紅從臉頰一直蔓延到了耳朵。李秩一愣，難道真的是這個原因嗎？

仔細一想，他們在年小年夜的早上還溫馨地擠在沙發上看電視，忽然就捲入了複雜的案件，現在都已經初五了。他明明答應了徐遙陪他過年，但他們卻沒有一天安穩過，這是哪門子的過年？

李秩想明白了徐遙的小心思，忍不住在他臉上親了一下，「那我再請一天假，我們今天回去問袁伯伯以後，明天我整天都陪著你。」

徐遙噗哧一下笑了出來，手肘推了推李秩，「別開玩笑了，袁沐的事情怎麼能拖？問清楚了還要跟小金說呢！」

李秩馬上收起了玩笑的態度，「小金他接受得了嗎？自己的媽媽殺了自己的爸爸，而爸爸又是這樣的一個人……」

「小金是個很聰明的孩子，我想他其實已經從那份記錄中猜到了，或者想起了真相。」徐遙嘆口氣，「你記得我們傳召金翠敏的時候，他衝出來阻止時說的話嗎？他說他在被催眠的時候是在胡說八道，他既然否認那些內容，那證明他知道那代表什麼。」

「如果他要到永安區去生活，你覺得袁伯伯會接受這個忽然冒出來的孫子嗎？」李秩問，「袁伯伯畢竟年紀那麼大了……」

徐遙搖搖頭，表示自己也毫無頭緒，「我們猜也沒用，先回去再說吧。」

來到「清如許」書店的時候，天色已黑，徐遙拍了好一會的門，鐵閘門上的那道小窗才開了。但探出頭來的卻不是袁清，而是一個中年男人，徐遙認得他是隔壁雜貨店的老闆。

「你們誰啊？」

「你是隔壁的古老闆吧？我叫徐遙，是袁伯伯的朋友。」徐遙看見店裡的燈都熄了，只有後屋透出些亮光，「袁伯伯怎麼了？」

「你是他朋友就好了，來幫個忙。」古老闆讓他們進來，領著他們進了後屋，卻見袁清坐在在床鋪上，一條腿擱在床上，腳踝上裹了厚厚的膏藥紗布，「今天老頭子爬樓梯上閣樓時扭了腳，去醫院檢查過了，沒有傷到骨頭，但也得躺好幾天。」

「哪有這麼嚴重？找間國術館揉一揉就好，就你大驚小怪。」袁清發出幾聲不樂意的哼哼。

徐遙知道袁清的脾氣，他沒有問袁清，繼續向古老闆詢問詳細情況。古老闆看他挺熱心的，而袁清好像也跟這個年輕人挺熟悉，便交代了醫囑，然後回自己的店裡去了。

「沒有外人了，袁伯伯，你沒什麼要跟我說的嗎？」等古老闆離開了，徐遙才坐到袁清床邊。李秩左右看了看，還在想自己這個「外人」要不要離開一下，徐遙便捉住他的手，「你別晃來晃去了，到後面搬張椅子來。」

「哦！」

被承認了「自己人」身分的李秩心中竊喜，勾了一張椅子過來坐在徐遙身後，徐遙這才繼續問袁清，「你為什麼要去爬那個閣樓呢？我第一次來的時候，你叫我自己爬上去找我父親寄放在你這裡的書，那時候你就說過你的腿不好。」

「我自己的地方我自己隨便去，摔死也跟別人沒關係！」

徐遙這陣子都在忙，一段時間沒來看袁清了，感覺袁清像在發脾氣，他放軟語氣哄道：「是是是，你怎麼虐待自己都行，反正傷在你身痛在我心，我這就把電腦搬過來，在你旁邊架張折疊床，晝夜不分地服侍你。」

袁清繃緊的嘴角緩了下來，這才抬起眼來看徐遙，「你這嘴巴就只會在袁伯伯這裡說好話，要是你也跟女孩子這麼說話，現在都當爸爸了。」

徐遙笑了，「我又不喜歡女孩子，幹嘛要跟女孩子這麼說話？」

李秩眨了眨眼，看來徐遙跟袁清的關係真的很好，連這樣的隱私都跟他說了。

袁清嘆口氣，揚起一根手指指了指李秩，「就這個？」

徐遙點頭，「嗯。」

李秩這才反應過來徐遙帶他來見袁清的意義，他趕緊挺直了腰杆。

「……註定的了。」但袁清卻沒有說什麼李秩意料中的話，他只是搖頭，指了指李秩身後的那個櫃子，「第一個抽屜裡有個牛皮文件袋，拿過來吧。」

「好！」李秩連忙把東西遞過去，那文件袋上滿是灰塵，封皮上的墨水都快褪色了，標注的日期是一九八〇年，差不多四十年的東西了。

「今天把屋子翻遍了都找不著，後來想起那時候怕被偷，藏到閣樓裡了。」袁清打開文件袋，卻見裡面是三四份紅色的硬皮證件，都是房契地契，「交給你了，法律手續那些複雜的玩意你自己搞吧。」

「袁伯伯，你怎麼了？」徐遙的心跳停了一拍，「你、你是檢查出什麼病了嗎？」

「呸，誰有病了！」袁清往地上啐了一口，「之前不是跟你說了嗎？我想回悅麗區的村子去養老，現在正是時候，你幫我處理一下這些東西，我就回去了。」

「你怎麼忽然……」

「我知道了。阿敏打了電話給我，十年了，這還是第一次。」

徐遙和李秩的臉色一凜，沒想到金翠敏竟然聯絡了袁清。

「我知道袁沐沒死，也知道他被農科院辭退以後一直都跟阿敏一起生活，還生了孩子，我還知道他喜歡打扮成女人。」袁清說這話的時候沒有一點感情，好像是在說鄰居家的事情，「但是我的兒子很久以前就死了，那個袁沐只是借住在我兒子身體的怪物。」

李秩忍不住插嘴，「袁伯伯，他只是穿喜歡女裝，沒有做傷天害理的事，你這樣對他是不是……」

「你以為我會因為一條裙子就寧可我兒子死了嗎?!」袁清壓抑的情緒都往李秩身上傾瀉，他捉住床板邊緣的手抖了起來，「你什麼都不知道！」

「袁伯伯，你冷靜一點，他的確什麼都不知道，不過也請你原諒他，他也只是因為事關自己母親，才會這樣多嘴。」

徐遙一邊安撫袁清，一邊向李秩做個眼色，李秩意會，從大衣內側的口袋拿出那張照片，「袁伯伯，這個是誰你一定認出來了，但另外這個女人，是我的母親……我知道你不願意多說關於袁沐的事，但是，我覺得至少我也要搞清楚這件事。」

「你的……母親？」袁清端詳了一會，居然認出了郭曉敏，「郭曉敏是你的母親?!」

李秩一愣，「你認識我母親？」

「徐遙的爸爸有時候會帶他的組員來我店裡開會，就在閣樓裡，我見過她。」袁清拿著那張照片，長嘆了一口氣，「居然是郭曉敏的兒子調查他的死，真的是命中註定，命中註定啊……」

李秩皺眉，聽袁清的口吻，彷彿他母親曾經和袁沐有過些什麼，「袁沐和我母親認識嗎？」

袁清垂下頭去，用手背擦了擦眼睛，深呼吸一口氣，彷彿是鼓起了很大的勇氣，他撐著床板挪到了地上，撲通一下就跪下了，「咚」地向李秩磕了個頭！

李秩趕忙起身扶起袁清，「袁伯伯！你這是幹什麼?!」

「是袁沐對不起郭曉敏，但他們都走了，你就代替你媽媽接受老頭的道歉吧！」袁清不顧徐遙和李秩的攙扶，硬是磕了三個頭才讓他們踉踉蹌蹌地把他扶回床鋪上。他抓住李秩的手臂，眼睛裡隱隱帶著眼淚，「求求你原諒他……」

「到底發生了什麼事！」李秩也急了，不自覺拉高了音調，「我媽媽的死，你都知道什麼！」

「李秩！」徐遙按住他的肩膀，「冷靜一點，我想袁伯伯會給你一個交代的。」

「……對不起，袁伯伯，我不是怪你……」李秩深呼吸一口氣，壓下焦躁的情緒，「但是我媽媽……」

「你聽我慢慢講。」袁清拍拍徐遙，讓他不要怪李秩，「我不知道郭曉敏的死是怎麼回事，但是我知道這張照片的事……

「袁沐從很小的時候就喜歡穿女孩子的衣服，我很早就發現了。我收的那些舊書話本也都有講同性戀的，古代人養孌童的多了去，我早就做好了心理準備。我告訴他你在家裡也可以穿裙子，但是在外面不可以，也不能告訴別人。然後我一直等著，等有一天他會告訴我他喜歡男人，可他慢慢長大了，我發現他除了喜歡穿女人衣服，其他方面沒有什麼不對，十六七歲時他在床底下藏的黃色書刊也都是女人的，我耐不住了，就直接問他。他說他喜歡女人，我那時候簡直鬆了一口氣，還好還好，他只是打扮喜好與眾不同，還是能有自己的家庭和孩子的……

「他之後也找過一兩個對象，但都沒下文，他覺得在悅城裡過得不順心，剛好農科院在徵人去悅麗區，也就是我們老家那邊的荒山去種田，他就去了，好幾個月才回家一次。我在書店裡悶得慌，又聽徐遙爸爸埋怨有時候在家裡做研究怕讓孩子聽見或看見太血腥的場面，就說可以讓他們到閣樓去開會，這是我做得最錯的一件事……」

「你想說，袁沐回家的時候偶然碰見了郭曉敏，然後就糾纏她？」

徐峰做研究的時候是九〇年代的事情了，郭曉敏已經嫁給了李泓，李秩也已經出生了。那麼只有一個可能性，就是袁沐喜歡上了郭曉敏，不顧她已有家室，糾纏不休。但是徐遙不明白為什麼袁沐會以女裝打扮去見郭曉敏呢，這樣追求成功的可能性會大大降低吧？

「我一開始不知道，直到有一次我聽到徐峰在閣樓裡和他爭吵，徐峰警告他不要再接近他的女學生，我才知道了為什麼一直以來袁沐找對象都不成功……」袁清的話語裡夾雜著各種複雜的情緒，既有傷心難過，也有痛恨仇怨，「原來他對那些女孩都謊稱自己是同性戀，內心很痛苦掙扎，他利用這些女孩的善良靠近她們，讓她們放下戒心，等待機會玷污女孩的清白，然後再跟她們說是她們讓他變回了正常的男人。不管女孩相不相信他，都會為了保住自己的聲譽而不聲張。」

李秩瞪大了眼睛，「那，那我媽媽……」

「那一次他沒有成功，徐峰警告過他以後，他也擔心徐峰揭發他，就跑回了農科院，一直都沒有再回來。再後來就是農科院搬遷，他又寫信告訴我他找到了一個願意接受他的女孩，諸如此類的，我不想再說了。」把埋藏在心裡的祕密說出來以後，袁清像是泄了最後一點氣的皮球，整個人都躺臥在床上，但他的一隻手仍然緊握著李秩的手，「袁沐是個混蛋，我知道他是個混蛋，但是他已經死了，你能不能原諒他？」

「……我不知道我能不能代替我媽媽原諒他，但是我原諒你，袁伯伯。」李秩回握袁清，「你不要再把這件事掛在心頭，也不要再說把要房子給別人這種話了。你不需要贖罪，袁沐的過錯在他死去的時候就已經清算了。」

袁清緊緊地盯著李秩的臉，好像生怕他說的是客氣話場面話，敷衍他這個大半截身體入土的老人。而李秩面對他的凝視，不閃不躲，只是釋然地笑了笑。

袁清那懸在頭頂大半生的石頭終於落下了，他長長地舒了口氣，閉起眼來，讓那滴在眼眶裡打轉的眼淚流下來。

他終於可以如同他的名字一般，清清白白地在這天地間過活了。

「李警官可真夠豪氣的，一下子就幫我推掉了一棟房子一間店鋪外加一塊地皮。」

離開舊書店後，徐遙讓李秩載他到築江邊看看夜景——這年都快過完了，再不抓緊時間，那些迎春花燈就要被拆乾淨了——在那熙熙攘攘看花燈的人群裡，沒人留意他們是否舉止親密。徐遙的手塞在李秩口袋裡，和他的握在一起。

「那些小本本加起來可不只一千萬吶。」

「我可是省了你琢磨要用什麼藉口推辭的功夫，你不是應該感謝我嗎？」李秩道，「再說，要是真的都賣掉，那間民宿也一定會被拆掉，你還沒找到真相，怎麼能讓它消失？」

徐遙嘆口氣，「我以前不明白為什麼袁伯伯竟然會想要我陪他在民宿裡生活，現在想想，其實他是想要住在金翠敏家附近吧。他老了，再怎麼嘴硬，還是想要見見孫子的，無論袁沐過得怎麼樣，但只要看見孫子，老人家總會覺得有些希望吧？」

李秩眨眨眼，「你也想要個孩子嗎？我想想辦法，聽說育幼院要求單身男性領養小孩得年齡差超過二三十年，我們應該很快就符合要求了！」

徐遙挑起一邊眉毛，像看怪物一樣看著李秩，「你說什麼呢？」

李秩撓撓髮根，臉上紅了一片，「我以為你想要小孩……其實我也更想要兩人世界！」

「……李警官，請收斂一下你的想像力。」徐遙好氣又好笑，手從李秩的口袋裡掙扎出來，捏了一下他的臉，「還是趕快打一下腹稿向你父親彙報案情吧。」

李秩皺眉，「我跟他彙報什麼案情？」

「袁沐那張照片的來歷。」徐遙說著，看見李秩的眉頭皺得更緊了，便把指尖推到他眉心，撫開那些紋路，「他確實是把遭受背叛的怒氣發洩在你身上了，你是無辜的。但是，現在事情清楚了，我覺得她值得一個真相。我說的她，是指你的母親，她不該再背負背叛者的罪名了。」

「……他曾經對你嚴刑審訊，你怎麼還這麼為他著想？」李秩捉住徐遙的手指，「就因為他是我父親？」

「一碼歸一碼，我們父輩的事情已經夠複雜了，能弄清楚一個是一個吧。」徐遙嘆口氣，「搞不好最後我是真的精神失常殺了我父親……」

「不，聽了林森的話以後，我更相信你不是凶手了。」李秩旁觀者清，幫徐遙梳理起線索，「首先他出現在那裡的時機就很巧，而當時也沒有找到第二輛車的輪胎花紋，就算他開的車剛好跟你們幾個小伙伴坐的車用了同種輪胎，但重量不同，也會有不同的壓痕；而他看見徐峰教授所受的傷，屍檢報告裡都沒有出現；再者，他說他被你的癲狂嚇到所以逃跑了，那你應該追了過去才對，應該會留下沾血的鞋印向門口跑的痕跡，但現場沒有；最後你說的松香……」

「松香可能是我的幻覺，那裡的環境並沒有能產生松香香味的東西。」徐遙也看過報告，現場沒有拍到薰香或香水之類的東西，四周也不是松林。

「你還記得孫皓是利用洋金花跟天仙子來催眠別人的嗎？」李秩看著徐遙的眼睛，這個猜測十分大膽，但他認為這是目前唯一合理的說法，「那個松香的味道不是真實的，而是凶手利用藥物把你們催眠，而他把致幻物質溶解在松香精油裡，所以你只記得松香的味道。」

徐遙搖頭，「不必，松香本身就有鬆弛神經的作用，本來就可以在誘導催眠中使用。」

「那就更合理了，既然那個凶手可以催眠你們幾個小孩，那他也可以催眠林森啊！」李秩道，「不管林森為什麼去了民宿，他的到來都是凶手沒有預料到的，情急之下，他把林森打暈了，然後使用催眠的方法讓他以為自己看見了你殺害了徐峰教授。他想通過林森把罪名嫁禍給你，但沒想到林森卻選擇了沉默，讓這個案子成了沒有證人的懸案。」

這次換徐遙皺眉了，「你這麼說，我父親到民宿也是意外，那凶手的目標難道是我們幾個國中生嗎？然後，他反正都殺了我父親了，為什麼不把林森也殺了？那就死無對證了，根本不必用催眠這種危險性極大、效果又不能保證的手段脫身。」

徐遙這樣一問，李秩也回答不出來，他撓撓頭髮，「我也不知道怎麼說，可是我感覺得那個凶手對你父親有很不一樣的感情。」

「嗯？」

「我記得你說過，像用手扼死或者用刀捅這種需要肢體親密接觸的殺人方法，其實都蘊含了凶手對死者的感情。無論那是什麼樣的感情，都很深厚。」李秩斂了眉眼，「而他在五個國中生裡選擇了最不可能殺徐峰教授的你作為代罪羔羊，我想……」

「他恨我爸，」徐遙的臉色也沉了下去，「恨得要把我也除掉。」

對於凶手心理的揣測沖淡了身邊熱鬧喧騰的氣氛，徐遙搖搖頭，把這些沒有實際證據支持的推斷甩出腦子去，「算了，我們在這胡思亂想，不如等你跟你爸解釋清楚了，再問他詳細情況。」

李秩還是不情不願，「我們都看過卷宗了，為什麼還要問他？」

「一個刑警的直覺。」徐遙也不勉強李秩多談這個話題，他揚了揚被他捉住的手，指向築江堤岸的一個方向，「晚了，跟我回家吧。」

「好……嗯？」李秩一愣，才發現徐遙說的不是「送我回家」，「跟你……回家？」

掌心裡傳來癢癢的輕搔，從金色圓框眼鏡後透過來的那雙小狗似的眼，溼漉漉的幽深。

「不然呢？」兩雙鞋的鞋尖抵在了一起，徐遙附到李秩耳邊，聲音很輕很輕，「去你家也可以啊。」

「你家還是我家」的問題最後怎麼解決的李秩想不起來了，但他深刻地體會到了自己還有很多東西需要向徐遙「學習」——沒關係，他一直是個勤學好問，聰明上進，舉一反三的好學生。

翌日早上，李秩請了兩個小時的假，向父親李泓解釋這樁懸案。

「……所以這個根本不是女人，我媽也沒有欺騙你。」李秩一直盡力把自己的語調控制在一個平穩冷靜的範圍裡，真的把這當做案情彙報，「袁清和金翠敏，你都有辦法見到，你想查實就去吧。」

「我沒打算查。」李泓再次看見這張照片，心中百感交集，就是這張照片讓他怒火攻心打了李秩，一下打散了十年的父子聯繫。

在這十年間，他不是沒有反省過自己遷怒李秩的做法有多麼錯誤，但他總覺得必須先把這件事調查清楚，知道自己的妻子跟這個女人到底是什麼關係，才能更好地向李秩說明。他不想為自己的暴力找藉口，但他必須告訴兒子，你的媽媽是愛你的，不管她到底愛不愛我。

可是現在，調查清楚的人卻是李秩，他堅定不移地追查，也並不是為了譴責父親，而是向他證明，我媽媽沒有騙你。

她自始至終都愛著你。

李泓喉結滾動，哽咽著嘆了一口氣，他伸手去拿那張照片，卻被李秩收回去了，「這是檔案裡的資料，不能給你。」

「別騙我，這不是檔案裡的照片。」蔣波在二〇〇五年時提供給刑偵隊的照片只有一張，那張照片李泓已經把它熟記於心了，這張是後來李秩從蔣波那裡詐來的，動作幅度有輕微的不同，「蔣波居然還敢藏起別的照片不給我？」

「……你那麼激動，都把人打了一頓，人家怎麼願意給你別的照片。」李秩說著，竟帶了些親切的埋怨，他自己跟李泓都有了一瞬微妙的怔愣，李秩揉揉鼻子，「他實際上拍了三張，三張照片連起來可以看出來媽媽的肢體語言都是在抗拒袁沐的……」

「徐遙說的吧？」李泓說起徐遙的語氣時沒有那麼強硬了，「我聽張藍說，你們一起去了悅麗區……」

「隊長沒跟你說，是你自己查的。」難得一點親近的氣氛又冷卻了，李秩道，「我知道你盡職盡責，也知道徐峰案發生在媽媽死後四個月，你的情緒還沒有恢復，但是我不認為你會因為個人情緒而針對一個只有十五歲的孩子，認定他是殘忍殺害他父親的凶手。卷宗我都看過了，到底你還發現了什麼不能寫進卷宗的線索，導致你篤信徐遙就是凶手呢？」

「不能寫進卷宗的東西？」李泓頗感意外，「你為什麼這麼問？」

「徐遙說，既然沒有真憑實據，那就是你作為一個資深警察的感覺導致你如此深信，」李秩嘗試複述徐遙的話，但他沒法說得那麼娓娓道來循循善誘，便像是彆扭的「我有一個朋友」了，「但感覺是會被誤導的，連記憶都有可能被篡改，你如果不說出來，沒有交叉印證，那怎麼能證明你的感覺就是真的，就是正確的呢？」

「感覺之所以被稱為感覺，就是因為它不能被證明，無法交叉印證。」李泓搖搖頭，看了看壁鐘，「你該去上班了。」

「……我會證明你的感覺是錯的。」

李秩離開警察大院，心中生起重重疑惑：李泓顯然有事隱瞞，不只對他隱瞞，他懷疑他沒有對任何人說過。他在徐峰案中一定發現了什麼線索，讓他確信是徐遙殺人的線索，但那線索卻是不能得到法律承認的——

怎麼可能會有法律不承認的線索，難道還是徐峰顯靈，或者托夢給李泓不成？

李秩想不明白，他只能暫時擱下這些困惑，回警察局裡報告。

「副隊長！」剛進門，值班的警員就向他熱情問好，「歡迎回來！」

「我放假而已，又不是停職，幹嘛這麼激動？」

李秩笑著回答，便往大廳走，一進門就被兩個小禮炮「砰」地噴了一頭彩條。

「歡迎副隊長回歸！」魏曉萌笑靨如花，李秩被她笑得一晃神，卻發現自己的手機不知道什麼時候已經到了她的手上，「這麼喜慶的時節！應該要請下午茶！」

……怎麼這個歡迎方式跟我想的有點出入啊?!

「李秩！」張藍摟住他的肩膀，「你不知道我們局裡有秀恩愛必須請吃飯的傳統嗎？」

李秩瞪大眼睛，「我哪裡秀恩愛?!」

「嘖嘖，誰不知道你跟徐老師情侶檔出馬，不只抄了悅麗區的非法軍工場，還解決了兩宗十年懸案！」王俊麟也來煽風點火，「徐老師新的連載預告出來了，主角叫李智！嘖嘖嘖，這是要向全世界撒狗糧啊！」

李秩關注的點卻有點歪了，「什麼?!他開新連載了?!我得趕快收藏！曉萌手機還我！」

「別轉移話題！請吃飯！」

「咳咳，」大家正享受這個新年忙碌過後的玩鬧，一個剛剛接了電話的警員卻尷尬地出聲打斷，「副隊長，那個……你能不能接一下電話？」

「怎麼了？」眾人都安靜了下來，李秩接過電話，「你好我是李秩……好的，我明白了，我這就過去。」

「怎麼了？」李秩掛了電話，一副準備出門的樣子，張藍擔憂道，「誰找你麻煩，還跳過老向？」

「不是找我麻煩，去回答些問題而已。」

李秩回答得含糊，張藍便明白了這是有人要晉升，在搞內部調查，於是也就放心了，囑咐他幾句，便讓他去了。

李秩去過幾次市立警察局，這次去的部門卻是他沒去過的——悅麗區警察局的人力需要重整，遊筱是最佳的人選，但他畢竟在那裡工作多年，上層也會顧慮他是否真的完全清白，尤其他跟孟棋山還是表兄弟，這個內部調查便需要更加精確。

李秩在電梯裡想，那他自己進警察局，還有晉升為副隊長的時候，都傳召過些什麼人呢？

在對應樓層停下，李秩敲響了一間小型會議室的門。

「請進。」

「向委員？」

李秩還以為會是一個監察小組，卻只看見向千惠一個人——就是那個批准他回悅麗區去見徐遙的女監察員，也是向千山的親妹妹——「怎麼是妳？」

「悅麗區整間警察局都扯進去了，我怎麼能閒著？」的確，在警察體系裡，一個人出了問題還能說是個人墮落，但一整間警局有組織有規模地進行犯罪活動，就不是「紀律」的問題了。

向千惠讓李秩坐下，「我也不是正式地調查，不用斟酌詞句地回答，你只要原原本本地把悅麗區的案子跟我說一次，包括你的個人感覺和推斷，哪怕是沒有證據的也沒關係，這不是正式的調查。」

李秩明白這裡頭的厲害，不敢敷衍也不敢厭怠，又一次詳細地講了一次前因後果，連何樂為跟他在山頭上誤會打架都說了。

向千惠認真地聽著，等他說完了最後一個字，才緊皺著眉頭，緩緩地發問：「所以這件事的源頭，遊筱請你過去幫忙的原因，你真的完全不知道？」

李秩搖頭，「他邀請我去的理由就跟我說的一樣，雖然我個人感覺理由不是很充分，但他堅持是這樣。」

向千惠再次確認：「你真的不知道白麗珠的案件？」

「白麗珠？」李秩愣了愣，「白麗珠是誰？」

「白麗珠就是那個你幫助過的女孩。」向千惠拿出一份卷宗，「在你的幫助下，那個男人被拘留了，但是他出來以後，埋伏在白麗珠的家裡把她殺害了。」

「什麼?!」李秩大驚，「她?!」

「根據記錄，當時是遊筱送她回家的，但他沒有檢查過她的房子，結果她進去時候就遇害了，為此，遊筱曾經被勒令進行心理輔導。」向千惠道，「所以我覺得他邀請你過去也只是利用你，他真正的目的是想要為那個女性死者，也就是李小敏伸冤。為受害人主持公道是警察的使命，這是正確的，但是他這樣的精神狀態，能夠做到不偏不倚嗎？能夠肯定他在以後的工作中，不會把嫌疑人先入為主地有罪推定嗎？」

「向委員，我媽媽是死在一個偷盜的癮君子手裡的，」李秩打斷她的話，「在遭受了同樣痛苦的折磨時，有的人會變成加害者，但有的人會變成追捕加害者的人。」

向千惠頓了頓，她是向千山的妹妹，自然知道李泓一家的遭遇，「我不是針對任何個人……」

「妳說，我也可以說出沒有根據的個人感受和推斷，對吧？」李秩繼續道，「我其實一直都很不理解，為什麼他會那麼拚命地幫助我。他的積極讓我產生過一點懷疑，但現在我已經完全理解他了，是我一直小看了他，認為他沒有認真對待警員的工作。現在我認為他完全能夠勝任警察的工作，就算以後進行正式的調查，這仍然是我的回答。」

「……我明白你的話了，謝謝你。」向千惠笑笑，和號稱「石佛」的向千山不同，她給人如沐春風的溫柔長輩的感覺，「你做得很好，我想你父親也會感到驕傲。」

「……嗯，大概吧。」李秩眨了眨眼，李泓會不會為他驕傲他不清楚，但起碼他解開了父親對母親的誤解，李秩已經很滿足了。

「還有一點，那位徐遙先生，他跟林森教授的關係……」

「我可以肯定地告訴你，徐遙和林森沒有任何關係。」李秩斬釘截鐵的語氣讓向千惠泛起一個若有所思的神情，「不管林森他想要進行怎樣的組織改革，徐遙都完全不知情，也沒有為他做任何事，我願意以性命擔保！」

「不必說得如此嚴重，我只是順帶問問罷了，跟操守紀律無關的事情，我是不關心的。」向千惠道，「今天的會議到這裡了，你應該知道……」

李秩點頭，「我知道，我會對所有人保密。」

離開市立警察局，李秩拿出手機，想傳簡訊給遊筱，但是他想了很久，都不知道該從何說起。是向跟他道歉，說自己小看他了，還是先跟他說白麗珠的案子跟你沒有關係，你不要自責？

無論哪個說法都顯得很刻意很突兀，李秩最後還是放棄了，他打了一行字：身體好些了沒？等你康復了請你吃飯。

那些讓我們變得更加堅強的過去，就讓它永遠成為過去吧。

悅城大學教職工宿舍區裡搭起了黑白布棚，儘管政府推廣喪事從簡，但老一輩的還是遵從習俗，在家擺設靈堂三日，供親朋戚友憑弔。

徐遙也沒到他第二次見到林國勇，竟然已經是他的遺容。他到靈柩前上了香，便到一邊去，向之前幫助過他調查的林希蓉鞠躬，「真讓人遺憾，請節哀。」

「徐老師，多謝你抽空過來。」林希蓉還了禮，把他請到了旁邊存放銀紙元寶等喪葬雜物的房間——之前，這個房間是林國勇的臥室，「地方小，請你原諒。」

「怎麼會。」徐遙看這裡也沒別人了，才進入正題，「林小姐，妳請我過來真的是為了葬禮嗎？」

「可以說是也可以說不是。」林希蓉嘆了口氣，「說是，是因為我爸是聽到了你的新聞，才突然病發進院的，你來給他鞠個躬也很合理吧？」

「我的新聞？」徐遙想了幾秒才回過神來，「妳是說悅麗區的新聞？」

「雖然新聞沒有提到你的名字，但是一聽徐某，我爸就忽然激動了起來。」林希蓉從一個五斗櫃裡拿出一本殘舊的記事本，皮革封面都龜裂了，拿在手上簌簌地掉屑，「他中風後腦子就不太好用，但他那時候卻十分清醒，不只認得我們，還、還把自己的後事都交代好了……」

林希蓉哽咽了，徐遙拍了拍她的肩膀，「這個記事本，和我有關？」

「我爸還記得你，他說他欠了你一個真相，但是他已經沒有時間還了。」林希蓉把筆記本遞給徐遙，接著又翻出了一個老舊的牛皮公文袋，一併塞到他手裡，「他特意囑咐我們一定要把這些東西交給你，他說完這些，就走了。」

徐遙渾身發抖。真相，難道林國勇當年追查到了什麼實質的證據，卻因為什麼原因放棄了？

對，他是在追查徐峰的案件時被提拔的。他寫的那三篇報導，的確給了徐遙一個調查的方向，但之後他就被提拔去寫專欄了，沒有再深入調查。難道他那時候已經查到了真相，但有人以工作晉升來換取他的沉默?!

徐遙接過東西，連客套也忘了，坐在林國勇的床鋪上就開始翻看筆記本。林希蓉愣了愣，也沒說什麼，她退出了房間，回到靈堂去招待弔唁的人了。

那筆記本是林國勇的調查筆記，裡面記錄了他對於徐峰案的相關人員進行的詳細調查，有的當然是子虛烏有道聽塗說，但也不乏連徐遙都不知道的八卦，比如徐峰和邵琦之所以認識對方是因為徐峰對一個縱火案顯得過分關心遂被邵琦當作嫌疑人捉了起來，結果徐峰反而根據縱火犯的心理側寫幫助邵琦捉到了犯人。

徐遙看得入了神，不得不佩服林國勇，他不是警察，卻有著連警察都佩服的耐心和細心，還有跟不同人打交道的手段，難怪他能寫出那三篇報導。

讓徐遙在意的是在第三篇報導刊登後的內容，在那以後，筆記的內容顯得嚴肅了起來，在前面的內容裡，林國勇偶爾會寫一兩個荒謬得像開玩笑的推測，但在後續的記錄裡，這種自娛自樂的想法消失了，取而代之的是一個個嚴肅的問號和感嘆號，重重地標注在「幕後人物」這四個字上。

徐峰曾經在美國學習犯罪心理學，並在國內展開相關研究，這是眾所周知的事情，但他的研究並不是一帆風順。在起初的兩年裡，他連看個卷宗都要經過層層審核，基層也很煩他玄乎其玄的那套。那兩年他一篇論文都沒有寫，眼看著警察大學要把他降職了，他的研究卻得到了重視。

「犯罪心理應用學」不只作為一個科目，更是作為一個單獨的學科獨立了出來，由徐峰擔任系主任。隨後的三年裡，他不只有權力查看刑事卷宗，還認識了邵琦，通過研究案例和第一線人員的交流，他發表了很多重要的論文和學術著作，之後才有了獨立的心理研究室。

林國勇認為在那個節骨眼上徐峰得到重視，是因為有人直接把他的研究呈示給了一個重要人物。大人物的目光和眼界不是底下人能夠企及的，他看出了這個學科對刑偵學的重要性，當即予以批准。

那個大人物是誰，林國勇沒有查到，但那不重要，那個大人物很可能在徐峰死前就已經死掉了，所以徐峰在往後的研究裡也沒有得到額外的照顧。但在他成立了心理研究室後，情況又有所好轉，不僅能夠得到研究經費，還抽調了比如郭曉敏這樣的其他機關裡的人才去協助。在招募人員上也給了徐峰極大的自由，既有林森王志高唐楚紅這樣的精英，也不拒絕像劉宇恒那樣的轉業學生。

顯然，那個大人物死後，他的後繼者花了些時間才重新掌握了權力，而他的後繼者也和那個大人物一樣很看重徐峰。甚至有可能，就是這個後繼人把徐峰推薦給那個大人物的。

林國勇那麼在意這個「大人物」，是因為他很疑惑，那個大人物好像產生了放棄徐峰的念頭。理由在於他死前的整整四個月裡，郭曉敏都沒有去心理研究室，她的本職機關讓她參加了另一項重要的專案。之後徐峰死亡，心理研究室直接解散，而那個大人物始終沒有露出痕跡。

到底是因為徐峰死了，所以大人物停止了對犯罪心理學研究的支持，還是那個大人物想要停止支持，所以才讓徐峰死去？

徐遙渾身發冷，大人物？真的存在這麼一個大人物嗎？

他又想起了和李秩的推斷，那個凶手對徐峰抱著仇恨的心態，恨不得把他也除掉。難道他母親邵琦當年就是感覺到了這樣一個厲害的大人物在背後操縱一切，所以才堅決帶著他出國，逃避對方的勢力嗎？

不，如果是這樣的話，他都回國那麼久了，那個大人物怎麼會放過他……

不對，對方也許沒有放過他，只是不知道他回來了，或者不知道他在哪裡，或者不知道他還在執著地追查徐峰的案件。簡而言之，對方只是以為他沒有威脅罷了。

徐遙想起張藍之前對他的質疑，自從他因為常光顧的小吃店老闆娘遇害而參與調查案件後，各種心理不正常的案件便連環爆。張藍和向千山都懷疑他是林森安排來的，目的是強調犯罪心理研究的作用。

可如果，這些案件不是林森安排的——徐遙始終覺得林森沒有那麼大的能耐可以安排這些重大的案件——而是那個大人物呢？

對方發現他了，可是通過這些案件，他想要對他做什麼呢？

徐遙把那個牛皮公文袋裡的東西也倒了出來，其中一樣特別顯眼——那是袁沐裝扮成女人的照片！

徐遙的第一個反應時這個蔣波到底洗了多少張照片、賣給了多少人，但他再仔細看，便發現這張照片的角度和蔣波的不同，而且袁沐穿的衣服，也和他糾纏郭曉敏的時候不同，應該是林國勇自己跟蹤袁沐拍下的。

可是，林國勇為什麼要跟蹤袁沐？徐遙翻到照片背後，發現沖洗時間是一九九八年二月，背景裡永安市場的招牌十分清晰，袁沐低著頭，好像不想讓人看見他。

那時候袁沐應該還在悅麗區的農科院試驗田，郭曉敏死了，他跟袁清也鬧翻了，理論上他應該不會回市區看望袁清。即使去，也不該穿女裝啊，要是被鄰里發現了，只會讓袁清更難堪。

徐遙翻看了所有的東西，都是一些錄音帶跟照片，他再也想不到什麼了，把東西一股腦地塞進公文袋，飛快地跑了出去。

他撥了一個他以為自己永遠也不會撥的電話——他打給了李泓。

他明白了自己為什麼一直以來都在原地踏步了——他始終把徐峰的案件當作是一個心理變態的人犯下的罪行，但是，如果那個人是正常人呢？那看起來非常匪夷所思的線索和極其變態噁心的現場，都是對方為了誤導眾人犯罪動機也是匪夷所思的呢？

如果那個動機並不難理解，就是最正常的錢財權欲呢？徐峰兩袖清風，因錢財被殺的可能性極低，那就剩下權欲了。權力與欲望。徐峰雖然沒有實權，但是參考林森的現況，假如徐峰沒有死，他所達到的成就，又豈止是一個普通教授？

他到底擋了誰的路？

李泓對徐遙的電話頗感意外，在看了林國勇的調查筆記後，就更加意外了，「你為什麼要把這些東西給我看？」

「我想知道你對這個大人物有什麼看法？」徐遙把李泓約到了一間港式飲茶裡見面，他看著李泓翻看調查筆記，猜測他有一些想法，「我的父親、你的妻子、李小敏、劉宇恒還有袁沐，你認為是不是有這麼一個大人物的影響貫穿始終？」

「……警察調查總會有阻撓，但我不覺得調查這些案件時遇到的阻撓更大。要說最難搞的，還是你這個證人。」李泓合上筆記本，「我妻子和李小敏的案件，因為涉及到袁沐從中作梗，我的情緒不穩定，不太有參考性。而劉宇恒和袁沐的案件我都沒有參與，也沒什麼發言權。我唯一能說上話的就是你父親的案件，而在這個案件裡，我不覺得有什麼力量左右了我的調查方向。」

「你的意思是，你還是覺得我才是最有可能殺害我父親的人，哪怕有什麼違和的直覺，你還是決定無視它，相信人證物證？」徐遙無奈地笑了笑，「李警官，你這麼優秀的一個刑警，卻選擇放棄和無視自己的直覺，真是可惜。」

李泓皺了皺眉，從徐遙出現的那一刻他就發現他和從前有些不同。他原本說不上來，但現在他明白了。

是敵意消減了，徐遙那總是像在防備著什麼的眼神柔和了很多，雖然談不上親切誠懇，但至少不再還是充滿憤怒的不屑和輕蔑了，「你憑什麼判斷我有什麼的直覺？」

「你點了一杯奶茶，在看筆記期間摸了三次杯柄，證明你有疑惑；而你看到後面呼吸變慢，眨眼頻率降低，表示你覺得這本調查筆記是重要的，裡面的東西不是子虛烏有；而你最後合上筆記時，問我的是為什麼給你看，就好像這個案子不歸你管一樣。我知道你是退休了，但是以你的性格，我不覺得你會那麼輕易地就此放手不管。」徐遙緊緊地盯著李泓的眼睛，這次他們的立場反過來了，他才是緊咬不放的一方，「所以當初主動把這個案子當作懸案結束調查的人不是你，是其他人。有能力逼你放棄這個調查的人，就是那個大人物吧？」

「你跟你父親這些所謂的心理側寫，不用花錢去研究了，到基層來磨幾年自然就懂了。」李泓原本還屏息靜聽，後來卻露出一個不屑的笑，「沒有人逼我放棄調查。」

「那為什麼結束了？」徐遙緊追不捨，「不要跟我說什麼一個案子拖太久會影響破案率，李秩的父親不會是那樣的人！」

「別拿李秩來套我的話！」

兩人說到李秩都不自覺動了氣，徐遙深呼吸一口氣，在心裡重複了三遍「我到底在幹什麼」，還是沒壓下衝動，張嘴就說了一句彷彿挑釁的話：「我要和李秩在一起。」

「……你以為我還管得了他嗎？」這一句也不知道是晦氣還是賭氣的話，從李泓嘴裡說出來，不帶一點波瀾——也許其實他早就接受了這樣的定局。

「我和李秩的事情不需要任何人的允許批准，但是我要和他在一起，就必須知道真相。我不可以再像以前那樣，把真假藏在心裡自己一個人消化，消化不了噎死就算了。我要和李秩在一起，我就必須要清清白白地陪在他身邊。」徐遙幾乎是逐個字逐個字地咬著牙說出這段話，「李泓警官，請你回到二十年前，把你拋棄了的、無視了的警察直覺告訴我，好嗎？」

李泓竟被徐遙盯得視線閃躲了一下，他眼中的決心讓人震驚。那雙眼睛曾經那麼冷漠，如今卻又明火般地逼視著他，迫切地追問真相，「真的沒有任何實質的證據顯示你父親死去的時候，民宿裡有其他人在。案件不再進行調查，也不是別人逼我放棄。」

「……」

「但是我有一種感覺，當時的民宿裡應該有個女人才對。」李泓深深地嘆了口氣，「我說不上來那是為什麼，但是我感覺那間民宿的環境不像是一群小孩子嬉鬧的氣氛，而是像有一個女性長輩帶著出去玩。」

「女性長輩？」徐遙有些驚訝，「為什麼？」

李泓搖頭，「要是我能說上為什麼，就不會不理會這個直覺了。在案件調查進行到後來時，我和老向還試圖去找有沒有女性嫌疑人，但是一無所獲。根本沒有任何痕跡顯示有其他人，更不要說女性了。」

「……李警官，我知道要讓你相信我很難，但是請你試著跟著我的述說回憶。」徐遙放緩了語速，調整成引導的語氣，「你回憶一下，那天晚上，在你接到報警的晚上，你在幹什麼？」

「我？我在局裡和老向研究一個案子……」

「什麼樣的案子呢？」

「忘了……」

「你記得的，慢慢想，你和向千山一起討論，那時候的燈光，溫度，局裡的聲音……」

徐遙慢慢說道，李泓不由自主地閉上了眼，「很晚了，但很香，對，我和老向一邊吃泡麵一邊研究那個案子，是一個盜竊案，嗯，對，那個小偷後來被我們捉住了……」

「好的，然後電話響了，是悅麗區，不對，那時候還沒有悅麗區，是小鳳山山村的村長報的警。他打到了鎮上，但鎮上覺得這個案子太可怕了，便打到了市立警察局，找到了你，李泓隊長。」徐遙逐句引導李泓回憶當日的情境，「你們馬上出發了，是誰開車？」

「是我。我聽說是一個大案，馬上跟老向開車到小鳳山去，路程可不近，開了差不多兩個鐘頭才到。」到這裡，李泓開始自主講述了，徐遙知道他進入了狀態，也不打斷他，「山路很黑，但是附近鎮上的派出所跟警察局的人都在，手電筒的燈光亮了一路。我們很注意腳下，還有派人採集腳印……然後我們到了那間民宿，老天，我見過不少開腸破肚的場面，黑幫火拚腸子流一地的情況也見不少，但這個真的太噁心了，老向的臉色都青了，我也差點忍不住吐出來，但是不想給採證組添麻煩，硬是忍住了……我走到了一邊去強迫自己深呼吸……對，就是這裡！」

李泓猛地瞪大眼睛，「香味！有香味！我是靠在樓梯扶手上喘氣的，那裡放著一個花架，上面沒有花瓶，卻有一些殘留的香味，就像有人在那裡薰過香。儘管很淡很淡，我轉了兩圈以後回來都聞不到了，但我那時候的確是聞到了，因為我老婆有時候也會在家裡點薰香，所以我覺得那裡應該有個年長的女人！」

「香味?!」徐遙的心一下揪住了，「什麼樣的香味？」

「那香味就像……」李泓在腦海中搜索了一下相似的氣味，「松樹，像一大片松樹林的那種自然的松樹香味！」

真的有松香！徐遙瞪大了眼睛，原來不是他的幻覺，現場真的曾經有松香！那個空出來的花架，肯定本來是放著一瓶松香薰香的，但後來有人把它拿走了！

那個拿走的人就是凶手！

徐遙感覺身上的血液都熱了起來，但他還是極力壓抑住想飛奔去告訴李秩的衝動。正如李泓所言，這個線索太抽象了，代表不了什麼，仍然需要繼續調查才行。

他深深地吸了口氣，端端正正地向李泓彎了彎腰，點頭道謝，「謝謝你願意告訴我這些。」

「……我還是把你放在嫌疑人名單第一位的。」李泓有些不太自在，生硬地說道，「告訴李秩，我覺得他媽媽的案子還沒有完結，也沒有那麼簡單。無論有沒有這個大人物，都讓他小心一些。」

「我覺得你親自告訴他會比較好一些。」徐遙眨眨眼，難得淺淺地笑了一下。

他起身告辭，便回家去了——他答應了李秩今晚去他家吃火鍋，再不走可就要遇到晚上的車流尖峰時段了。

晚上七點不到，李秩提著大包小包的食材回家，徐遙雖然幫著打下手，但他說了不幫李泓傳話就是不幫李泓傳話，隻字不提他見過李泓的事。反倒是李秩主動跟他說了自己去見了李泓，還有針對遊筱的內部調查已經開始了，應該有機會晉升警察。

「所以，遊筱和那個女孩的事情，你也知道了？」徐遙的筷子停了停，夾著的五花牛滑到了鍋底。

「嗯。」李秩點頭，把那片五花牛夾到徐遙碗裡。

「那……你打算跟遊筱說些什麼嗎？」徐遙倒是好奇李秩會怎麼做。

李秩搖頭，「他不說，我硬是提起來有什麼意思呢？」

「那你覺得他有責任嗎？」徐遙道，「我是說良心上的責任。」

李秩嘆了口氣，「如果遊筱有責任，那我也有責任。要是我沒有那麼激烈地對付那個男人，也許就不會讓他惱羞成怒、殺人報復呢？」

「你跟遊筱真的是，腦迴路都長得一模一樣。」徐遙放下筷子，捧著李秩的臉，「你這種維護法紀的正義感是好的，把每一個遭遇不幸的無辜者都記住也是好的，但是記住的目的不是懲罰你自己。」

「是為了記住他們那一雙雙眼睛，一直在注視著你在真相曠野上的跋涉，你永遠不是孤獨一人。」李秩看著徐遙的眼睛，那是《逆風》裡的句子，是他在收音機裡對徐遙「一聽鍾情」的小說，「我知道。」

「……你們真的是連粉絲的模式都一樣。」徐遙無可奈何地笑了笑。算了，他也知道李秩不可能就這樣當成什麼也沒發生，但他能控制好，不讓這些負面情緒壓垮自己就好，「是不是警二代都特別喜歡偶像崇拜？」

「警二代？」李秩好奇，「遊謙叔也是警察嗎？」

「那個年代應該叫什麼巡守隊長之類的吧，我也不清楚，我就是看見了一張他們的父子合照，都是穿著迷彩軍服的。」

「也對，遊筱說過是他一開始是靠父親的關係才進了派出所。」上世紀的八〇年代，偏遠的鄉村地區還集結著很多的流氓黑幫，公家單位的警力有限，都是靠民眾自

發組成的巡守隊維持治安。李秩小時候偶爾也聽父親說過他和這些巡守隊長的往來，

「等遊筱好了，我們去探望一下他吧。」

徐遙點點頭，悅麗區是必須回去一趟的，但探望遊筱還是其次，到民宿去再尋回更多的記憶才是重點。

「那個……」李秩忽然扭捏了起來，「你的新連載……主角的名字，是、是代表我嗎？」

「……奇怪了，我的牛肉丸怎麼不見了？」徐遙裝作聽不見，直起身來在火鍋裡翻來翻去，也不管火鍋蒸汽在他的眼鏡蒙上了一層白。

李秩也站了起來，從後方環住他的腰，一口吻上了他紅透的耳尖。

悅城老工業區，一間空置多時的廠房，在緊鎖的鐵閘門外，一個穿著深藍色夾克的男人正縮著肩膀徘徊。他把快燒到底的菸屁股扔到地上，踮著腳尖踩熄後，才搓著手離開。

「人走了。」廠房大樓裡，何樂為隔著百葉窗仔細地觀察著外頭，「沒看出有什麼異常，但安全起見，這裡還是不要用了。」

「好的，聽你安排。」

這個位於廠房隔層裡的房間，是何樂為和霍老七的其中一個安全屋，儘管孟棋山一伙人已經落網，但唯恐有漏網之魚，出院以後霍老七就住在安全屋裡，何樂為每

隔兩天來看他一次，幫他送些生活用品。

何樂為剛剛發現那個窩在牆角抽菸的人，緊張地觀察著，反倒是霍老七毫不在乎，繼續淡定地吃著何樂為送來的叉燒飯。

何樂為遞給他一瓶水，「你倒是吃得自在，也不怕毒死你。」

「要是被這飯毒死，起碼我做鬼了也知道該怨誰，不然在街上走著走著忽然被捅幾刀，可能我連看都沒看清楚刀手的樣子就掛了，冤魂索命都不知道該找誰。」霍老七喝了幾口水，咋了幾下嘴，「下次買啤酒吧，嘴巴都淡出鳥來了。」

「這也算是公款伙食，不得鋪張浪費！」何樂為打趣了一下，便從塑膠袋拿了包薯片扔給他，「你是說外面仍然有人要對你不利？」

「買賣買賣，有賣就得有人買，孟棋山說了買方是誰了嗎？」

何樂為搖頭，「他說每次交易都是把軍火偽裝成煙火鞭炮，用貨車送到指定的停車場，第二天貨就沒了，現金會在車上。他試過想要監視，但對方十分精明，還警告他再打探他的身分就斷絕生意。孟棋山便放棄了打探，他們平常都用特定的衛星電話聯絡，定位不了。」

「一開始他們是怎麼搭上線的呢？」

「孟棋山說是對方找到他的，但是，他說了一句奇怪的話。」何樂為道，「他說天時地利人和都有了，他實在忍受不了誘惑，才會跟他合作。」

霍老七呸了一下，「還天時地利呢！」

「可別說，那人聯繫他的時機真的非常巧合。那時孟棋山的母親正好需要動手術，他急需要錢；而悅麗區剛設立警察局不久，還是他當隊長，權力在握，隊裡的警員又是他的兄弟，真的是天時地利人和。」何樂為道，「我覺得那個買家一定很留意悅麗區。地方偏遠、警力薄弱，又有天然山林作掩護，很適合搞些不法勾當。」

「不是，那個人不是買家。」霍老七卻搖頭，他把薯片、水瓶和便當盒並排放在一起，拿起一片薯片，從袋子移動到水瓶上，再移到飯盒裡，「孟棋山只是供應商，那個人從他手上拿到貨，再賣到悅城以外，他應該算是個中間商。他不僅非常熟悉悅城的各地警力分布，和悅城的周邊地區也有關係。最重要的是，他有能力控制這些軍火，不讓他們流回悅城，所以我們才會花了那麼久才發現原來源頭就在自己身邊。」

何樂為皺眉，「你是說……」

「孟棋山這樣的人怎麼能不知道中間商是誰就合作呢？」霍老七指了指自己的胸膛，他為了得到這些情報可是吃了不少苦頭，肋骨都斷了一根，「他只是在裝，他知道只有替這中間商保密，他的家人才能安全。」

「……看來我們要找的，是一個大人物啊……」

這個意義非凡的新年假期終於過完了，人們收拾心情，開始上學上班，警察局的公務員們也抓緊時機調班輪休，享受遲到的假期。李秩剛剛「休假」結束，自然成了幫助大家調休的工具人。而剛剛恢復人氣的城市也沒什麼搗亂的力氣，李秩這一整天都在整理卷宗，他集中注意那些和藥物、精神病等有關的案件，生怕遺漏了什麼蛛絲馬跡。

張藍嚼著魷魚絲，趴在桌子上跟李秩閒聊，「我早上過來的時候看見老向和師父在輝南喝茶，看樣子還挺開心的。」

「哪天你退休了，沒事就喝喝茶下下棋，你也會很開心的。」李秩沒跟張藍說他和李泓見面的事，但他覺得張藍已經猜到了。

「還沒存夠奶粉錢啊，怎麼敢退休啊～～」

「對哦，算起來，嫂子懷孕有四個月了吧？」李秩想起來曾經在案件中接觸過的妊娠護理中心，「我認識一個產護老師，非常負責、非常有愛心的。」

「你說的是李月華吧？」張藍接話，「早就問過了，但人家說不想見到我們就想起往事，不接我們的生意。」

做這行的，也只有嫌疑人和罪犯親屬的圈子了，李秩撓撓髮根，「不然我讓徐遙問問，他認識比較多從事醫療行業的專家……」

「我老婆精神狀態好著呢！」張藍嫌棄地朝他揮揮手，「好了好了，你想盡孝的話，明晚過來陪她吃頓飯吧，她還想著找你試千奇百怪的新品。」

「好，我一定去……」李秩剛答應了，才反應過來張藍的小算盤，「你也約了他對吧？」

張藍笑，「我不只約了他，我還約了徐遙，徐遙還答應了呢，他沒告訴你嗎？」

「什麼？」李秩是真的吃驚了，「他怎麼會……」

「當然是因為愛情的力量啊～～」張藍用力拍了拍李秩的後背，哈哈大笑起來，「你要是還不趕快跪下謝恩接旨，可不就辜負你家男神的寬容大量了嘛！」

張藍是早有安排，但徐遙的配合讓李秩很意外。難不成真的如張藍所言，他是為了讓他們父子和好才答應的？

鍵盤打字的啪嗒聲極富節奏，跟治療失眠的 ASMR 有著相似的頻率，曾經有一段時間，徐遙把自己打字的聲音錄了下來當催眠曲，效果拔群。

但顯然這聲音對某個窩在被子裡，偶爾露出眼睛來盯著他嘆氣的人不起作用。徐遙摘下眼睛擦了擦，一邊轉過身一邊問：「你怎麼了？」

「啊？」李秩想縮回被窩裡，但已經被逮住了，只能結結巴巴地想藉口，「對不起，我是不是吵到你寫稿了？」

「你沒吵我，但你快把我的背脊盯出洞來了。」徐遙戴上眼鏡，泛著光的鏡片讓李秩產生了犯人一般的心虛，「你今晚心不在焉的，張藍告訴你他也請我吃飯的事情了？」

「你還真的答應了啊？」李秩不知道是驚訝還是驚嘆了，「我還以為他在唬我。」

「我昨天去找過他，因為我找到了一些不知道能不能說是新證據的東西，關於我父親的案子的。」徐遙坦白道，「他跟我說了一些沒有證據的感覺。」

「他和你討論你父親的案件?!」李秩瞪大眼睛，「他怎麼會……」

徐遙做了個介乎搖頭和點頭之間的動作，他的感受也很複雜，「他確實還是覺得我的嫌疑最大，不過他願意接受這個案子存在別的疑點。我想是因為你解決了袁沐那張照片，還有李小敏的案件，讓他承認自己看輕了你，所以開始思考你相信我的原因了吧？」

李秩被他說得七彎八繞的話弄得差點搞丟了重點，「你是說，他是因為我的原因，所以開始接受你有可能不是凶手。而你也是因為我的原因，所以覺得他的調查也是有道理的，不全是針對你？」

「……對，都是因為你。」徐遙拋棄了扭捏，兩手搭在李秩的肩上，看著他的眼睛坦然道，「儘管我們都知道不應該讓情緒影響工作，但真正能做到的人有多少呢？是你讓我們兩個固執的人願意試著思考對方的立場，是你把堅冰融化了，都是因為你。行了吧，心裡舒服了吧，不會再哀怨得跟小媳婦似地看著我了吧？」

本來還挺感動的李秩聽到最後一句，噗哧一下笑了起來，他順勢把徐遙拉進懷裡，「謝謝你。」

「……嗯。」徐遙拍拍他的背，「我知道你很想幫助我查清案件，但還有很多的人現在需要你。我父親的案子沒有結束，但你不能被它困住，你父親正好是當年的調查人員，他一定能幫上忙的。」

「我會說服他幫助你。」李秩想，就算徐遙只是為了查案才向李泓示好，他也不介意了，「但是我希望，無論任何時候你需要幫助，我都是你的第一選擇。」

「酸溜溜的，是誰教你的？」徐遙笑了，他推開李秩，彈了他的額頭一下，「那你可以安靜睡覺了吧？」

李秩卻搖頭，手還是環在徐遙的腰上，「我答應了和王俊麟換班，再過兩個小時就要回局裡了。」

徐遙皺眉，「那你還不趕快瞇一下……喂！」

說好了今晚十二點前更新的，但是李秩的唇壓下來時，徐遙就大概是趕不上了。

算了，反正我也不差那一千五百元的全勤獎。

徐遙這麼想著，抬臂環住了李秩的肩。

李秩的眼睛一直盯著鐘，如果今天沒有案子發生，那麼六點下班，他就會和徐遙一起出現在張藍家裡，和李泓一起吃飯。

這算不算是見家長呢？

雖然李泓對徐遙已經非常熟悉了，但現在徐遙和他已經正式交往了，如果李泓願意好好地吃完這頓飯，那是不是代表他也接受了他們呢？

可是，如果李泓在席間就開始質疑徐遙呢？或者徐遙忍受不了李泓的態度呢？就算張藍從中調和，他也不覺得他們真的可以平心靜氣地說話。

李秩思前想後，竟然有點希望來個案子，好讓這頓飯暫時擱置了。

而電話還真的在下班前響了起來，他連忙「喂」了一聲，卻聽到了一個意想不到的聲音。

是李泓。

「我……去不了吃飯了……」李泓的聲音很奇怪，像是忍著劇烈的痛楚而發出的氣聲，「徐遙是對的……有大人物……」

「爸？你怎麼了？」李秩的心裡轟一下炸了，焦急地問道，「你在哪裡！」

「蔣波……」

「爸！」

「……」

李秩焦急地喊了好幾聲，但對面傳來一陣手機落地的聲音，變成了忙音。李秩只覺渾身的血都涼了，他衝到了技術部，扯住戴聰吼：「幫我找一個手機定位！馬上找！」

「副隊長！」

戴聰還一臉呆愣，魏曉萌便衝了進來，「新輝廣場站發生傷人案！你的父親受傷了，正送往仁愛醫院！」

時針滴答到位，六點了。

除卻生死無大事，這是羅霄在急救中心工作了大半年以後最深刻的體會。

儘管他只是個小保全，但是這數月之間，他在這人來人往的大廳裡見過割腕十幾次都沒有自殺成功的人，也見過為了活下去做了十幾次手術的人；有的人面對噩耗呼天搶地，但更多人則是呆愣當場，好久都反應不過來。

比如那邊一個以正襟危坐的姿勢坐在椅子上的年輕男人。

大概半小時前送來了一名男性傷患，腹部被捅了好幾刀，搶救無效，在那個男人趕來前就停止了心跳。

那男人是他的親人吧，那茫然不知所措，連悲傷都遲到了的模樣，羅霄太熟悉了。

「有什麼可以幫上忙的？」羅霄給他遞了一杯水，「要打電話給誰嗎？」

年輕人木然地轉過頭，目光也沒對焦，喃喃道：「為什麼會這樣？」

「嗯？」

「我想要電話響，只是想逃避……但我沒想到會這樣……」那人又轉了回去，他彎下腰，兩手插進了頭髮裡，依舊在喃喃著「為什麼會這樣」。

羅霄嘆口氣，把水杯放下。

他知道自己什麼也做不了。

「我他媽幹死你！」

永安區警察局，張藍一腳把偵訊室的門踹開，不顧開著的攝影機，抄起桌子上的筆錄本就往那個縮著肩膀垂著頭的人身上砸，下一秒拳腳也到了！

「隊長！冷靜點！」

「隊長！」

「關機關機！」

警察們攔阻的攔阻、關設備的關設備，把瘋了似的張藍推到門外。王俊麟壓住他的脖子把他制服在長椅上，「隊長！你冷靜點！」

「那混蛋殺了我師父！」張藍掙脫王俊麟，一腳把一個垃圾桶踢翻了，「問出什麼了！」

「招了，都招了。」雖然王俊麟和李泓沒有像張藍那樣有著深厚的感情，但是一個老刑警最終如此收場，他也不好受，「那人叫胡樂山，綽號叫葫蘆，是個慣竊，入室盜竊什麼的案底有一尺厚。他招認今天傍晚在新輝廣場搶了一個提包，逃跑時遇到了李泓，李泓想捉他，他身上還有兩顆沒賣出去的搖頭丸，害怕被捉就掏了刀……」

張藍插著腰，用力深呼吸著，強迫自己冷靜思考，「把那路上的監控都調出來！有一句假話我就打掉他滿口牙！」

「一個隊長大聲嚷嚷著嚴刑逼供，還有沒有紀律了！」

向千山嚴厲的斥喝聲讓張藍怔了怔，頗感意外，「局長？你怎麼……」

「老李是我的同期，搭檔，兄弟，你說我為什麼在這裡?!」向千山大步上前，一把揪住張藍的衣領，「我不想以你情緒激動為理由讓你避嫌，可是你自己也得爭氣！」

張藍一瞬間紅了眼，「可是，不是，怎麼會……」

向千山收緊了手，勾住張藍的脖子把他拉過來，「老李走了，但我們的工作沒做完，把眼淚留到結案後！」

結案，這個張藍再熟悉不過的詞語，竟然壓住了滿腔的悲痛。對，這是一個案子，是他師父交給他的最後一件案子，他必須要用盡全力破解，找出真相！

或是說，他從心底裡就不相信李泓會這樣離開，如果真的是簡單的傷人誤殺，他的憤恨更加無處宣洩；他寧可相信這是一個莫大陰謀，這樣他才能知道該怨誰恨誰。報仇雪恨，也得有個目標。

張藍愛恨分明，仇恨洩洪以後，腦子裡的其他部分也就恢復了運轉，他轉身問王俊麟：「李秩呢？」

「他還在醫院。」剛剛就是王俊麟接到醫院的電話，確認了李泓死亡，「要叫法醫室過去嗎？」

「……去吧，但是別讓李秩看見……打給徐遙吧。」張藍嘆口氣，這時候李秩也就聽得進徐遙的話了吧？

徐遙接到電話後馬上趕往醫院，但他把大廳裡轉了個遍也沒看見李秩，手機也沒有人接，情急之下便拉住一個值班的保全，詢問他是否見過一個個子很高的男人。

「個子很高的男人？」保全羅霄想起了那個正襟危坐的男人，而徐遙已經把手機裡李秩的照片遞過去了，「對對對，就是他！他在那裡坐了很久，但五分鐘前就走了。」

「走了？」徐遙詫異，他能去哪兒？「他有什麼異樣嗎？」

羅霄苦笑道：「在這裡什麼樣都算正常……不過他一直捏著一張照片，應該是親人的照片吧。」

「……謝謝！」

蔣波睜開眼，後頸上鈍鈍的痠痛讓他發出了難受的呻吟。他的視野裡一片灰暗，只有一盞蒼白的燈泡懸在頭頂上，發出嗡嗡的電流聲。

「我爸找你幹什麼？」

一個低沉的聲音從後方傳來，蔣波嚇了一跳，暈倒前的記憶湧回腦子裡，他怪叫一聲，便發現自己雙手雙腳都被綁住了，躺臥著動彈不得，「你是誰！你想幹什麼！」

「我爸死了。」從陰影裡現出了李秩的臉，不見一絲陰戾，也沒有一點傷心，好像只是在說一個和自己無關的死者，「他在你家附近的捷運站死的，死前還說了你的名字，很明顯他來找過你，得到了什麼證據，但是沒來得及告訴警察就死了。你現在原原本本把你們說的話從頭到尾複述一次，我就離開，保證不會難為你。」

「你、你可是警察！你想做什麼！」蔣波看見他手裡握著一支扳手，不禁渾身發抖。他試圖掙扎，頭顱轉動，便看見了自己店裡的慘況：鐵閘門拉下了，上鎖的櫃子直接被砸破，滿地都是玻璃渣，貨架和抽屜也被翻得亂七八糟，茶几上攤放著本該收在保險箱裡的帳本，還有好些走私煙酒的帳單貨單。就算李秩不用暴力，這些帳目捅出去也能讓他吃三五七年牢飯了。

「李警官，你就是想要線索，幹嘛把自己弄得像個流氓啊！我說、我說，你先把我放開！」

李秩把他扶正，但沒有解開繩子。他坐在茶几上，定定地看著他，蔣波對這個只見過一次的青年的印象還是比較深刻的，他順了順氣，一副長輩的口吻道：「我不知道你父親的意外，真是抱歉，我也沒什麼可以安慰你的話……啊！」

李秩「砰」一下砸向了隔壁的一把凳子，凳面都被砸出了一個洞！

「在認識徐遙以後，我知道這個世界上有的人是真的腦子有病，他們控制不了自己的想法和做法，這種人是不會害怕，不會恐懼的，我一直在向他學習怎麼去尋找和捕捉這些惡魔。」李秩把扳手抽回來，看似輕飄飄地把它擱在蔣波的肩膀上，「但是這個世界上惡魔是少數，大多數都還是惡人，面對惡人我有得是辦法，總之，就是比他還凶就可以了。」

拳頭大的扳手擱在耳朵旁，彷彿隨時要把他敲出腦漿，蔣波從李秩眼裡看出了和上次不一樣的氣場，他強忍著牙關的顫抖，「我、我不知道你想知道什麼……」

「我父親幾點幾分來找你，你們之間說過什麼，不要少一個字，也不要多一個字。」李秩把扳手當作高爾夫球杆，在蔣波頭顱上一點一點，「要是你說謊，我也不知道我會做什麼，我不建議你嘗試。」

「我說、我說……李泓他是傍晚來的，差不多五點的時候，他來問我關於照片的事情，他問我為什麼當初拍了那麼多張照片卻只給他一張，我說他當時態度那麼差，幾張照片又差不多，所以我故意藏起來，但我沒有說謊，我真的不認識這照片上的人。李泓他不信，非要說我是故意跟蹤的，我拍照的時候是一九九七年，提供照片的時候是二千零五年，這中間差了八年呢！我難道還會未卜先知，知道八年後這女人會被牽扯進命案，提早八年去跟蹤她嗎！」

「……我爸不會無緣無故懷疑你故意跟蹤，」李秩皺了皺眉，「他懷疑你跟蹤誰，跟蹤袁沐還是我媽媽？」

「這個，這個他沒有說，他就很大聲地吼，問我是不是故意跟蹤的。」

蔣波說的可能是真的，李秩是警察，他們的偵訊技巧就是這樣的。換作是他，他如果不確定，也不會挑明到底是誰，這樣才能試探出對方到底是不是心虛。

但李秩沒有輕信，他把扳手放到蔣波的膝蓋上，「我爸是個暴脾氣，他生起氣來，連我都會被他打進醫院。他來找你問話，就那麼簡單吼你兩句就沒了？」

「他是想動粗，但他敢嗎！」蔣波話剛出口就後悔了，後半句話都用乾咳遮掩了過去。

「哦，你居然還能威脅他？」

「呃，李警官，你聽了肯定會生氣，但我只是說大話，我絕對不敢那樣做的！」

「說！」

蔣波吞了吞口水，「我說、我說知道你兒子是個同性戀，要是你敢對我怎麼樣，我就散布出去，加油添醋，讓他沒有前途……」

李秩握緊了指掌。他和徐遙只來過一次，這代表蔣波事後有偷偷調查過他。他這種私家偵探，就是靠各種消息來討生活的，他知道這只是他的生存方式，他知道，但是他還是很艱難才壓抑住怒氣，把扳手的握柄捏得吱吱作響。

蔣波見狀，連連求饒：「我只是隨口說的！我絕對不敢這樣做！我一介平民，怎麼敢惹警察局的副隊長呢！我真的是怕他打我才說大話的！你相信我！」

相信你？李秩咬著牙，垂著頭揚起眼，彷佛一隻掙脫了口枷的虎。他從身後扔出一疊從他店裡搜出來的照片，卻都是他和徐遙擁抱親吻的偷拍照。

「你讓我用這些照片來相信你嗎？」

「李秩！」

鐵閘門被砰砰敲響的聲音讓蔣波感覺自己撿回了一條命，他從彷佛被扼緊的喉嚨裡迸出一聲慘烈的呼叫，那內容到底是救命還是什麼都聽不清楚，反正那聲音還沒完全發出，就被李秩一扳手敲在肩膀上的劇痛掐斷了。

「李秩！」徐遙還在門外用力拍門，李秩捂著蔣波的嘴不讓他發出任何聲音，自己也屏著呼吸。他現在的思緒有些混亂，不想讓徐遙看見這麼暴戾的他。

「李秩，你再不開門我就只能報警了。」徐遙在門外說道，「讓人知道你在裡面做了什麼，你肯定會被排除在外不許參加調查的，你希望這樣嗎？」

徐遙說完這番話以後，門後還是沉默無聲。

徐遙握緊了拳頭，他認識的李秩是溫柔耐心的，是正直公正的，但他在很久以前就已經知道這只是他的其中一面，他只是跟他在一起久了，忘了他久未出現的冷酷的一面而已。更何況，這份冷酷本身的根由就是李泓，如今李泓死了，李秩永遠都沒有機會和他和解了，他非常害怕李秩會做出什麼衝動的行為。

等待的時間也許只有幾秒，但在徐遙的感覺裡已經過了好幾個小時。當那道鐵閘門上的小窗終於打開，李秩垂頭喪氣的臉出現在眼前時，他毫不猶豫就舉起手來要扇他一巴掌。李秩也像是預料到了，眼睛一下閉了起來——但他一步都沒有躲。

這巴掌終究沒有落到臉上，很滑稽地打在了李秩的下頷。李秩愣了愣，睜開眼睛來，便看見徐遙的眼眶發紅，舉起手來就往他的脖子肩膀用力拍了好幾下。李秩乖乖被打，一言不發。

「滾進去！」徐遙抵著李秩的肩膀把他打進屋裡，反手就把鐵閘門關上了。

他定睛看了看淩亂的鋪面，又跑到蔣波跟前確認他沒有受傷，才沒好氣地打了李秩一掌，「你還記得自己是警察嗎！」

「……對不起。」

李秩低頭認錯，徐遙卻一把奪過了他手中的扳手，「這種事情我來啊！」

「嗯？」

卻見徐遙抄起扳手就往蔣波的頭上砸，李秩大驚，一把抱住他的腰把他往外拉，「你瘋啦?!」

「你不是要為父報仇嗎？你知法犯法罪加一等，我什麼都沒有，這條命就賠給你了！」徐遙推開李秩，往蔣波撲去，蔣波尖叫著扭動身體，徐遙腳下一絆，扳手堪堪在蔣波頭顱邊不到五公分的地方落下，那塊木料被砸得開了花！

「我說了！我說了！」

這徐遙不僅沒有勸李秩冷靜，似乎比李秩還瘋，蔣波嚇得屁滾尿流，連聲語無倫次地求饒：「我說了！不要殺我！李泓找我的目的我告訴你們！不要殺我！我什麼都不知道，他的死跟我沒有關係，我真的什麼都說了！」

「……說！」李秩把徐遙拉回來，徐遙還是不肯把扳手還他，他只能扯著他的手臂把他固定在自己身邊。

李秩盯著蔣波，惡狠狠地威脅：「不要逼我知法犯法了。」

「李泓來問這些照片，他問我為什麼跟蹤她們，我說我沒有跟蹤她們啊，我是在幫別人捉小三的時候無意拍到的，這些我早跟你們說過了，我真的沒騙你們。」蔣波哆哆嗦嗦地交代，「但是李泓又問了我一個很奇怪的問題，他問，是誰讓我把這些照片拿給他看的。我說沒有啊，我是看到警察在找這個女人，才想賺點線人費，可是李泓怎麼都不信。我們是吵了幾句，但我沒動手，我怎麼打得過他嘛，他就摺下一句我會再回來找你的，就走了！我真的沒說謊，他真的就說了這些話！」

「我相信他真的只說了這些話，你也只回答了這些話，可是你沒有告訴他實話，也沒告訴我們實話。」徐遙看了看李秩，李秩便放開了手，他從口袋裡拿出了林國勇拍的照片，那張在一九九八年拍攝的袁沐的照片，「你看看後面那是誰。」

蔣波的臉色刷白了。只見袁沐身後，在永安市場的欄杆上，有個人正靠在那裡抽菸，但視線明顯盯著前方喬裝成女人的袁沐——那人卻是蔣波！

「你說你是看見兩個女人舉止親密才會偷怕，那這張照片是怎麼回事？」徐遙敲了敲照片裡蔣波的樣子，「你不會說這個不是你吧？」

「我、我只是湊巧經過……」蔣波習慣性地找藉口，可他才剛開口徐遙便握緊了扳手，他連忙改口，「是我、是我，我確實在跟蹤這個女人！」

李秩瞪大眼睛，「誰叫你跟蹤他的？」

「我不知道是誰，反正從很久以前，大概是九七年前後，有個神祕人委託我跟蹤這個女人。」蔣波不敢再說謊了，「我從來沒有見過他，他是通過電話和信件聯繫我的，他讓我跟蹤那個在舊書店出入的女人，拍下來她在永安區都見過什麼人。拍下來的照片我會放在一個信箱裡，然後會有人來拿走，第二天就有錢匯進我的帳戶。那個人找過我七八次吧，最後一次是兩千零五年的春節前，我剛好能有一筆錢過年，所以記得比較清楚，之後他就沒有再出現了，我也沒再見過這個女人了。」

袁沐在二〇〇五年時已經死了，神祕人自然不用再讓蔣波跟蹤他了。李秩將信將疑，「你真的不知道那個神祕人是誰？」

「行有行規，我們打探雇主的話，就再也接不到生意了。」

李秩又問，「那你拍的照片有留底嗎？」

「不能留底，這是信譽跟性命攸關的事情。」蔣波看兩人都眉頭深鎖，顯然不相信他的話，他吞了吞口水，趕緊在兩人想出什麼折磨他的法子前補充道，「還有還有！二千零五年的時候，大概是五月份，他又打了通電話給我，但不是委託我跟蹤誰。他叫我把那張親密照片送去給李泓隊長，讓我把當時的情形說得、說得生動一些……」

徐遙挑了挑眉，恐怕那神祕人的原話是讓蔣波說得下流一些吧？「他是指定讓你給李泓隊長，而不是讓你交到警察局？」

蔣波回憶了一下，肯定地點頭，「對，他說的就是李泓隊長。」

「……今天我就當你說的都是真話，但如果讓我發現你騙我，你知道我要找到你是很容易的。」李秩不知道想到了什麼，抓緊了褲腿，他拿起一把水果刀，在蔣波的驚叫下把捆著他的塑膠束袋切斷，接著便扔掉刀子，拉著徐遙離開了。

李秩大步流星，徐遙被他拽得差點摔倒。他快步跟著，李秩把他拉到了一條冷巷裡才放手，兩人迎上對方的眼睛時同時開口問道：

「你真的相信他的話嗎？」

「你是怎麼找到我的？」

兩人都怔了怔，徐遙自知理虧，垂下眼睛服軟道歉：「對不起，我沒告訴你……」

「你給我爸看了那張照片！」李秩難以置信，「你為什麼要瞞著我?!」

「我不是想要隱瞞你，只是我也不知道這代表什麼，我不想讓你們父子之間更加複雜。」徐遙垂著眼睛，他剛剪過頭髮，捲毛下露出一邊耳朵，像闖禍後的小狗，「對不起，我不知道你父親會因此來找蔣波，如果他沒來，就不會去那個捷運站，就不會遇到那個小偷……」

李秩理智上知道這和徐遙沒有關係，但一時還是不能接受他的父親真的就這樣去世了──他沒有對他道歉，也沒有和他和解，他甚至沒有好好地和他吃一頓飯，沒來得及見他最後一面，就這樣離開他了。

目睹母親倒臥血泊中時那強烈的頭疼又隱約發作，他記得自己當時被錐刺般的痛楚貫穿了整個身體，暈了過去，醒來時所有人都告訴他，媽媽沒了。

不行，他不能在這時候暈過去，他不能在這個時候忘記李泓最後打給他的電話，他不能讓這個讓他又愛又恨又敬又怨的人，最後卻只在他腦海裡剩下一層模糊的印象！

李秩兩手按住太陽穴，咬著牙抱住頭蹲了下去，從牙縫裡漏出了幾聲低啞的嗚咽，徐遙跪在他身邊攬住他的頭，抓緊了他的肩。

他第一次感受到了李秩的脆弱──他在發抖。

這總是為他點亮一點微光的螢火蟲，現在自己也在瑟縮在黑暗的角落裡，彷彿就要被自己內心的痛苦湮滅。

「他打電話給你了。」徐遙把他緊緊地攬進懷裡，「他最後想要聽到的是你的聲音，他最後想要說話的人是你。雖然他沒有說，但是你知道的，你知道他想對你說什麼，你知道的，李秩，好好想想，你知道的！」

「我不知道……我不知道啊！」李秩蹦出一聲沙啞的悲鳴，像吼也像哭，或者兩者都是，「我不知道！你讓他自己跟我說！我不知道，我不知道！」

「你知道的，你知道的……」徐遙一下一下地撫著他的背，「你知道的，別焦急，答案在你心裡，你會找到它的……」

李秩掙扎著想推開徐遙，但徐遙卯足了力氣抱住他。鉗制的懷抱，無聲的支持和溫柔的安撫，逐漸拔出了那層刺入他血肉的荊棘，讓他痛得麻木了的心靈恢復了知覺。

可是心靈恢復知覺就會痛，痛了，就想哭。

「我陪著你。」徐遙梳著他的髮，「我陪著你。」

李秩轉過身，整張臉都埋到了徐遙的胸前。他哭了，連同二十年前母親喪禮上他都沒哭出來的份，一同嚎啕了出來。

「副隊長，我真的不能讓你進去。」

永安區警察局裡的法醫室前，略微富態的姚籽甯醫生擋在工作間前，不讓雙眼血紅的李秩進去，「隊長和局長都特別交代過，我可不敢違背上級命令。」

「他們沒有說我要避嫌，不讓我參加調查工作吧？」李秩雖然仍然低落，但至少是冷靜的。儘管跟在他身後的徐遙一樣不贊成他去看李泓，但他堅持，他也只好陪著，「就算我被排除在外了，我也是受害者家屬，我有權看、看遺體。」

李秩說出「遺體」兩個字時嘴唇都顫抖了一下，但他深呼吸一口氣，很快就平復了，「姚醫生，如果換作是你，難道你不會這樣堅持嗎？」

「……那請你不要掀開布袋，我會詳細跟你說明，」姚籽甯趕在李秩還想開口前打斷了他，「我是為你好，真的。」

「李秩，」徐遙也上前握住他的手，「相信姚醫生的專業吧。」

「……好。」

李秩艱難地點了點頭，在他門前的這道門，他進出過無數次的這道門，如今看起來竟冷酷得有點陌生。姚籽甯緩緩把門推開，工作室裡冷色的淡藍燈光映照著金屬鐵架床，熟悉的黑色塑膠布料覆蓋其上，隆起一個人體的輪廓。

「……他的腹部中了三刀，其中兩刀落在腎臟和胰臟，造成大量出血，所以……離開了。」姚籽甯仔細地斟酌著詞語，硬生生把說慣了的「死者」、「死因」等等的術語都換成了委婉的說法，「他的指甲縫裡有皮屑，也有和人掙扎打鬥的痕跡，經過檢驗，和那個捉回來的人是吻合的，那人身上也有對應的抓痕。」

「捉回來的人?!」李秩的雙眼一瞪，彷彿要冒出火來，「那人捉到了?!」

「……你別想碰到他，隊長早把他轉移到了市立警察局裡，局長特批的。」姚紓寧拍拍他的肩膀，「大家都知道你難過，但是大家都不希望你做出什麼傻事。」

「我怎麼就做傻事了，我只是想……」

「李秩！」徐遙按住他，「相信你的張藍哥，那人在他手裡也不會好過的。」

李秩卻不肯甘休，「我有權……」

「我們帶你父親回家吧！」

徐遙掀開塑膠布的一角，李秩如遭雷擊，渾身抖得跟篩子一般。

那露出來的臉，非常熟悉，卻又非常陌生。

「……原來他那麼老了嗎？」李秩伸出手，貼在李泓蒼白得發青的臉頰上，「我之前都沒發現，他有那麼多皺紋……」

「……對了！在他口袋裡我們發現了這個！」姚紓寧猛地想起什麼，他飛快地從一旁的證物袋裡翻出其中一個，裡面裝著一張染了血的皺巴巴傳單，「還好他藏在最裡頭的口袋裡，不然可能就弄丟了……我想，他之所處會出現在新輝廣場，就是為了參加這個講座吧？」

講座？

李秩詫異地接過證物袋，隔著透明的塑膠，他看見了一張講座傳單，是一個叫「彩虹家長會」的分享交流講座。

彩虹家長，指的是那些子女是同性戀的家長。

徐遙捂住了嘴，李秩已經在哭了，他不能也添亂。眼淚一滴滴落下，李秩迅速扭過頭去，以免眼淚污染證物。他用力吸了吸鼻子，摩挲著尋到了李泓的手，用力地握了上去。

「爸，我們回家。」

一個人離開這個世界可以非常簡單，猝不及防的意外，或是苟延已久的疾病，在某個時刻心臟停住跳動，便不會再醒來。

但一個人離開世界卻也非常複雜——或者說對那個人的親人來說，這些手續已經超越了複雜繁瑣這類的形容詞能描述的程度——

「你要先去拿死亡證明，你爸這是意外死亡，得由所在地的警方報請地檢署開立證明，你自己就是警察，應該知道吧？

「你還得去戶政事務所註銷戶口，然後去轉出健保，勞保也要處理一下。

「你回家去找找你爸的銀行存摺、有沒有買什麼基金股票、房契地契的，你爸沒立遺囑，你得找個律師，讓他幫你處理好遺產繼承的事情，這很煩人的，你得聯繫很多人。

「你聯絡好殯儀館了沒有？還得安排火葬，還有在家設靈堂……唉，你就一個人了，不然你找個葬儀社讓他們替你安排吧！」

——甚至超過了痛苦和難過，感覺眼前一片黑暗，只在地上有一個接一個的發光箭頭，只能跟著這些箭頭走。每走完一段路，以為已經結束了，一個新的箭頭又會出現。李秩覺得自己像時間洪流裡的一顆細沙，浸沒在水下，所有人都在岸上對他喊話，告訴他下一步要怎麼走。聲音一層層地推波助瀾，裹挾著他茫然又木然地前進，感覺不出自己是在處理至親的後事。

「是不是只要說出足夠多次的『我父親死了』，我就會越來越習慣面對這個事實，也就沒那麼容易難過？所以我們才需要辦理那麼多的手續，舉辦各種各樣的儀式，就像溫水煮青蛙，直到最後，就不覺得痛了？」

在打出了幾十通電話，填了十幾份表格，簽了無數次名以後，李秩躺在沙發上，枕著徐遙的腿，看著手機螢幕上顯示的專業葬儀社傳給他的各種套餐介紹，忽然問出了這麼一個很文藝的問題。

這是李泓離開的第三天，徐遙什麼也沒回答，他輕輕地按摩著他的頭，手指梳過他的髮，直到他因為眼睛紅腫而看不清手機，轉過身去摟住他的腰。

世界上沒有人能比他更有資格對李秩說「我理解你的痛苦」，但他沒有說任何安慰的話，他只是陪著他，陪他在這初春時節裡，送別他的至親。

而他以後也會這樣一直陪著他。

最後李秩選擇了最簡單的親友追思會，又一次麻木地填寫了死者資訊，轉了賬，便倒頭睡了。徐遙確認他睡熟了，才悄悄出了門，走向和張藍約好的餐廳。

「師父的事情都處理好了嗎？」剛進門，張藍劈頭便問，「有沒有什麼需要幫忙的？我爸說李秩都沒回警察大院，他怎麼了？我爸退休在家很閒的，你讓他回去一趟，我爸辦過我媽的後事，他能幫上忙的。」

「你先讓他冷靜一下吧，你讓他回警察大院，面對老屋的時候，那是父母都失去了的雙重難過。」李泓死於意外，和那些臥病已久，家人已經準備好的情況不一樣，徐遙搖搖頭，「明天我看情況，如果他精神狀態還可以，我就勸他回去。」

「……謝謝了。」張藍意識到自己的熱心可能會給李秩造成壓力——也對，誰能態度積極利落爽快地處理自己親人的後事啊？他結束了這個這個話題，從口袋裡拿出一張便條紙，「胡樂山的地址。」

「謝謝。」

徐遙收好地址，似乎不打算向張藍解釋，張藍只好接著問：「你認為胡樂山有疑點？但是我們查過了，他是個癮君子，戒過毒但又復吸，一直反反覆覆。他家裡只有一個吃退休金的老父親，狐群狗黨裡沒一個正經的人。案發前他沒有什麼異常，財務情況也正常，我們在他家也沒有搜到大筆的財物，不像是被人收買行凶。」

「我也說不上來，但是我有一個模糊的感覺，從很久很久以前，或者說從我父親的案件開始，我們身邊的這些案件好像都會在某個點被砍斷，再也調查不下去。」徐遙輕嘆口氣，「我也不知道這個胡樂山是不是有疑點，但我必須去看一看。」

「現在李秩不適合調查，我陪你去？」

徐遙搖頭，「張隊長這麼出名，胡樂山那些混混裡肯定有認得你的，不好說話。」

「可你一個人有點危險吧？」

「怎麼，忽然這麼關心我，真把我當弟夫了？」徐遙笑笑，「還是你當爸了，父愛爆棚？」

張藍撓撓頭髮——李秩也有一模一樣的小動作，可見他們有多親了，「事到如今了，再去糾結你是不是殺人凶手、是不是另有所圖也沒意義了吧？就算你真的是另有所圖的凶手，我也寧願你騙過他這段時間再說，他現在真的太需要你了。」

徐遙失笑，「行吧，實用主義也是挺好的……謝謝了，我先回去了。」

「徐遙！」張藍叫住他，徐遙轉身，只見他遞給他一個剃鬚刀大小的東西，卻是一把電擊槍。

「不要冒險。」張藍的語氣慎重得讓徐遙不禁挺直了腰，「做任何事之前，想想李秩，你現在不是一個人了。」

你現在不是一個人了——一直以來跟李秩像是電影劇情般的相處，在這一刻真實而沉重地把徐遙壓回了地面。

他們是真真切切地活在這個世界上的。不是只有探案的驚險刺激，不是只有閒暇的浪漫溫馨，還有日常的柴米油鹽，還有生活的苦悶災難。而這一切，他們是要彼此扶持著度過的

他不再是一個孑然於世的人了。

徐遙忽然想到了李秩那個問題的答案。

為什麼我們需要那麼繁瑣複雜的儀式去告別？

因為唯有通過這些儀式，我們才能找到在這個人間裡還有誰是和我們存在著聯繫，找出有誰會陪在我們身邊，和我們一直走下去。

徐遙把電擊槍收好，「我知道。」

翌日，徐遙藉口要和編輯開會，按照張藍給他的地址，找到了綽號葫蘆的胡樂山的住處。

說是住處，也只是一個用木板隔出來的樓梯間，位在一棟老舊的違建公寓裡，既不通風也不舒適，更沒有門鎖——根本就不會有賊想得到這個不到四平方公尺的小籠子裡居然還住著人。

徐遙敲了敲門，沒人回應。他又用力敲了一次，裡面才傳來了細微的聲音，可是等了很久，也不見人開門。

他再次用力敲門，但這一敲下去卻直接把門推開了，他詫異地保持著警惕，探頭進去試探地問道：「胡先生，您在家嗎？我是區公所的，來做個家訪……有人嗎？」

木門逐漸展開，裡面卻空無一人，靠牆的位置放了一張木板床，床上一團灰黑的棉被，地上一個倒扣的水果箱當桌子，上面放著還沒吃完的泡麵。徐遙再推了一下咯吱作響的門，便看見一隻老鼠從箱子底下跑了出來，剛剛的聲響應該也是牠弄出來的，胡樂山的父親胡廣軍並不在屋裡。

徐遙在門外打量了一會，確定這徒有四壁的屋子沒有任何地方能夠躲一個人，才走進了這個幾乎無處下腳的屋子。

這個在樓梯間裡用木板圍出來的空間也有一扇小窗，但鐵杆已經完全鏽掉了，為了擋風，又在鐵杆後裝了一塊毛玻璃，阻擋了部分的光線。徐遙扶了扶眼鏡，牆上釘了很多鐵釘，上面掛滿了不同顏色不同商家的購物袋，裝著不同的生活用品，為這個狹窄的房間爭取了收納的空間，同時也把能放的但是擔心被老鼠吃掉的食材掛起，方便保存更久。

整間屋子都透著生活的窘迫，但是在另一邊的牆上，卻又拉起了一條麻繩，掛著的不是衣服，而是一張張列印出來的照片。大多是志工探訪老人時拍下的照片，也有參加社區活動的照片，還有幾張年輕人的照片。徐遙對照了一下，發現那應該是葫蘆年輕時的照片，有學生時代的，也有青年模樣的。

但吸引徐遙目光的，是一張在美術學院前拍的畢業照。兩個年輕男人站在美術學院的畢業展覽前，握著一卷畢業證書，勾肩搭背，看著鏡頭笑得陽光燦爛。

對於經濟狀況不好的胡家，供應兒子讀美術基本上是不可能實現的。而且葫蘆在監獄進進出出，根據張藍的資訊，他國中就輟學了，根本沒有學習美術的背景。

那這張照片裡畢業的那個肯定不是葫蘆，他應該是去祝賀他的朋友從美術學院畢業的吧？

徐遙瞇著眼睛仔細打量那張照片，照片還是底片沖洗而不是數位列印的，拍照日期是二〇〇七年。十年前的老照片了，葫蘆還留著，這表示他很重視這個朋友。照片裡的兩個男人高度相仿，身形相似，他費力地認了半天，也認不出來葫蘆到底是誰。

他正想放棄，打算翻拍一張讓張藍去問葫蘆，可在他點開手機拍照、那個識別人臉的方框在螢幕上抖動時，他忽然瞪大了眼睛。

那方框就像一個畫框，正好把他們身後的畢展作品框了起來——

那作品是一堆紅色的布料和紙張貼出來的畫，背景一片漆黑。那狂放躍動的紅色一眼就讓徐遙感覺很熟悉，直到方框放上去，他才猛然發現，這不就是蘇旅的畫風嗎?!那幅回憶畫廊的門面之作《紅龍》，非常明顯就是從這幅畢展作品之中蛻變而來的！

徐遙顧不得合不合適，扯下了那張照片，幾乎貼在鼻尖前仔細觀察，終於在那幅畢展作品的下方看見了名牌——多虧這張作品是第一名，才有了這個大大的牌子——二〇〇七屆繪畫二班，作品：《火舞》，作者蘇旅。

蘇旅！為什麼線索會回到蘇旅身上?!

徐遙百思不解，蘇旅和他們調查的案件一點關係也沒有啊！

……不對，蘇旅是彩虹計畫的參與人之一，他是林森推薦的，如果林森跟他們調查的案件有關——這幾乎已經是事實了——那麼蘇旅確實也是跟他們有關的人！

如果蘇旅不僅只是作為老師，在彩虹計畫裡以畫畫影響孩子們的心智；如果他在更久以前就在別的地方發揮著不同的作用，那麼讓他發揮作用的人，又會是哪個幕後人物？

那葫蘆誤殺李泓，會不會又跟這個幕後人物有關？

徐遙非常清楚，只有林森能夠和這個幕後人物畫上等號。可是如果說是林森指使葫蘆去殺李泓，那李泓到底是查到了什麼，才足以讓林森痛下殺手呢？

其實徐遙內心還是不願意把林森當作壞人，他確實只是為了榮譽名聲才隱瞞著當年的真相，但他也確實保護了徐遙，沒讓他成為板上釘釘的弒父凶手。他也確實扮演了那麼多年的知心長輩，陪他度過了母親也離開他時那段孤獨難過的時期。

一定還有什麼他不知道的事情。

徐遙深呼吸一口氣，拿手機拍下了那張畢業照，便快步離開了這間小屋子。

「張藍，我是徐遙。我想見一下葫蘆，十五分鐘，不，十分鐘就好！」

「你給我說清楚，葫蘆怎麼會跟蘇旅扯上關係?!」

徐遙風風火火地趕到了拘留所，卻被張藍攔住了，「他都死了那麼久了！」

「我現在也跟你一樣茫然。」徐遙已經把那張畢業留影傳給了張藍，「與其在這裡阻礙我，你不如到各種系統裡查一下到底葫蘆和蘇旅的交集是從哪開始吧？」

徐遙的語氣一向刻薄，但這事關係到蘇旅，也就可能會和張紅有關，張藍只能嚥下一口不滿，他讓開路來，「我幫你爭取了十五分鐘。」

「謝謝！」

徐遙甩下一句道謝便進去了，張藍鼓著臉頰向警員打了聲招呼，便回警察局去，想要仔細探查葫蘆的過去。沒想到他一腳踏進辦公室，便看見了一個不該出現在警局裡的身影。

「李秩？你在這幹嘛？」

「胡樂山有疑點，」李秩卻是一副在等張藍的模樣，他手裡拿著一份文件，封面是悅城戒毒中心的字樣，「他之前待過戒毒中心，裡頭的人告訴我，他有一個很好的兄弟，那人叫蘇旅。」

張藍瞪大眼睛，奪過文件翻了幾頁，蘇旅居然也是個癮君子?!

徐遙走進探問室，看見防彈玻璃後方，一個穿著囚衣的乾瘦男人垂著腦袋，無精打采地坐在圓凳上。他不停地重複著擤鼻子的動作，很明顯是戒斷症狀。

「你就是葫蘆，胡樂山嗎？」徐遙坐下，開門見山道，「我是永安警察局的顧問，關於你的案子，還有一些疑點需要你配合調查。」

「我已經都認了，還能怎麼配合你們？」葫蘆眼睛浮腫，很不耐煩地揉著眼睛。

「戒毒是很困難的，其實根據統計，強制送去戒毒而不是自願戒毒的人，出去以後的復吸率是百分之一百。」徐遙只能放慢節奏，「你也努力過了，但你的生活環境太糟糕了，也許毒品只是讓你逃離那個樓梯間的手段，哪怕只是暫時的。」

「……你到底想問什麼！」葫蘆聽到「樓梯間」三個字時，被生理淚水迷濛的眼睛猛地瞪大。他抬起頭來，額前的頭髮都微微泛白了，「我都進來那麼多次了，我什麼底細你們早就知道了，這時候來嘲笑我有什麼意思?!」

「我不是來嘲笑你的，我是想說，你其實是想要有人來拯救你，可惜他沒有來。」徐遙把手機裡的照片舉到玻璃前，「蘇旅跟你是什麼關係？」

「蘇旅？誰啊？不認識。」葫蘆其實不是打算說謊，他只是用這種形式來顯示他的不屑和鄙視罷了。

「那麼大的獎牌放在旁邊，你也能說不認識？還是你想說這照片裡的人不是你？」徐遙敲了敲桌面，「你其實也知道，就算你不承認，我們很快也能查出來你們到底是怎麼認識的，你倒不如現在認了吧，幫我們省點功夫。」

「……我跟這個人的關係，和我幹的案子有什麼關係？」葫蘆皺眉，紅腫的眼泡也遮不住他的疑惑。

「實不相瞞，我是個犯罪心理的研究學家，所以想知道你們的人生軌跡，也就是在你們到此為止的人生裡，那些最重要的人和事。」徐遙很快就掌握了葫蘆的性格，他渴望有人和他交流，渴望有朋友，這就是他一直把和蘇旅的合照掛在那間小屋子裡的原因。

於是他放棄了減刑之類的利誘策略，擺出對他很感興趣的態度來詢問，「蘇旅是個很有名氣的畫家，他怎麼會認識你呢？」

「很有名氣的畫家，哈，真好，你們現在都是這麼評價他的了。」葫蘆用力地擤了一下鼻子，「是不是只要後來成功了，那不管他之前怎麼混蛋，你們都一樣會把他當作成功人士？」

「他怎麼混蛋了？」徐遙反問，「他可是美術學院畢展第一名啊，應該是個高材生吧？」

「哈，畢展第一？你知道他是在哪裡學畫畫的嗎？在戒毒中心。他跟我一樣，都是在戒毒中心裡待過的！」葫蘆的語氣越來越生動，「我們從小就是哥兒們，一起翹課曠課，一起撩妹打架，那當然嗨也要一起嗨，對吧？」

徐遙也不算太意外，「可是他後來拋棄你了……」

「他沒拋棄我，他跟我一樣反反覆覆的，我們都是困在泥潭裡的青蛙，不管怎麼用力跳出去，最終還是會掉回去的！」葫蘆的語氣激動，彷彿是要說服徐遙相信他們真的是生死與共的好兄弟，「要不是那件事，要不是那件事！他、他也還是會跟我一樣的！」

「那件事？那件什麼事？」

「我、我也不知道……」葫蘆擦了把臉，滿手都是鼻涕眼淚，他握著拳頭抵著嘴，卻是在微微發抖，「那天、那天他忽然跑來找我，他、他渾身是血，一直說這次他真的死定了，說他這次真的沒救了……他哭得很傷心，我們做過很多偷雞摸狗的事情，但我從來沒見過他那麼難過那麼後悔。他整個人都崩潰了，一直哭一直哭，哭到整個人都暈了，但是他醒來以後卻像換了個人，他自己跑去戒毒中心請求幫助，在裡面讀書，還玩起了藝術，出來以後又去考了美術學院……我本來還很為他高興的，他被錄取的時候我去恭喜他，他卻不想見我……他一定是發生了什麼事，我問他那天到底怎麼了，他卻發飆說以後都不要提……不提可以啊，那就給我遮口費吧，我這算不錯了吧？都沒告訴他女朋友他是個什麼貨色。哈哈，誰知道他居然失蹤了，還死了，哈，這就是報應！我們這種人就該在陰暗潮溼的泥潭裡待著，他非要跳出去，就被太陽晒死了吧！」

徐遙的臉色慘白，「你還記得他來找你的那天是幾年幾月幾號嗎？」

「好多年前了，得有二十年了吧……哦，對，是香港回歸那年，那年國慶搞得很隆重嘛，我在商場的電視上看到了……」

「國慶？」徐遙咬著牙，「蘇旅來找你……是在國慶前後？」

「就剛過完國慶，大家都回去上班了，商場裡都沒什麼人，我才能站著看看電視重播。」葫蘆終於確定了回憶，「就是九七年的十月十二日！」

「……好的，我會再來找你的。」時間到了，拘留所的警員請徐遙離開，徐遙向葫蘆許諾了會再來看他，才起身離開。

他發現自己差點站不穩。

一九九七年十月十二日，就是李秩的母親郭曉敏遇害的日子啊！

郭曉敏是在存放各種藥物的研究室裡被殺害的，警方根據現場遺失了多種致幻藥品，推斷是癮君子入室偷盜被發現，因此遭到滅口。後來李秩又從遺失的藥品裡發現了東莨菪鹼這種可以用於催眠的藥劑，推斷那人可能是想偷這類藥品進行非法活動。

如果蘇旅就是那個癮君子，他是犯了毒癮才去偷盜，結果錯手殺了郭曉敏。他非常後悔，從此洗心革面，那麼他偷走的藥品在哪裡，都銷毀了嗎？根據葫蘆形容的他錯手殺人之後的精神狀態，似乎不太可能。

但如果蘇旅是受人指使去偷那些催眠藥劑，結果誤殺了郭曉敏，那麼不管他有多懊惱後悔，那個幕後指使者都會把那些藥劑拿走，並且警告蘇旅不要告訴任何人。所以他才會跑去跟自己的好朋友葫蘆哭訴，卻不告訴他到底發生了什麼，之後他讀美術學院的學費，也很有可能是那個幕後指使者給蘇旅的遮口費。

如果那個幕後指使者是林森，那一切都說得通了——他知道郭曉敏的研究室裡有相關的藥劑，他需要這些藥劑來進行非法的心理研究，比如對金臨淵的那些催眠。而且他是孫皓的導師，孫皓那些使用生物鹼對人進行精神控制的伎倆也可能是他教的，那麼林森也一定從很久以前就開始研究怎麼使用這些手段——堅持開辦心理研究所只是一個幌子，他需要的是一個名目，讓他可以光明正大地研究怎麼控制別人毫無痕跡地完成他安排的事情。

如果是這樣的話，那這麼多年來，除了金臨淵，還有誰曾經被林森進行過心理干預呢？

馬天行——徐遙茅塞頓開，這麼複雜的研究，肯定會出現失敗品，就像彩虹計畫裡的方碧一樣。馬天行這麼多年來一直被當年徐峰案的記憶困擾，造成了他扭曲的精神狀態和救世主情結，他也許就是當年林森的實驗失敗品！

林森為什麼要對馬天行進行催眠引導？林森說他看見了徐遙殺死徐峰，但在徐遙的記憶裡，馬天行是跟他一起清醒著跑下樓去的。

也就是說，馬天行應該跟他一樣，看見了真正的凶手。

徐遙覺得他把事情發散得太遠了，他用力捶了自己的腦袋幾下，強迫自己回歸到目前的情況：無論蘇旅跟林森有什麼關係，現在看來，李泓的死都不可能是偶然。葫蘆太容易被人控制了，他可能也和其他人一樣，並不知道自己殺死李泓只是被人心理暗示的結果。

森哥……難道真的是你嗎？

可是，李泓到底是查到了什麼，才會讓林森動了滅口的殺心？蔣波拍下的照片，到底有什麼隱藏的內情是他們忽略了的？

「徐遙，徐遙！」

「嗯？」徐遙猛地回過神來，便看見李秩坐在床邊，皺著眉頭在他眼前揮手，「對不起，我走了一下神……你剛剛說什麼？」

「我說，明天我六點就要出門了，你可以不用那麼早陪我。」明天是第一天設靈堂，葬儀社有專門的租賃空間，省了在狹窄的公寓裡架設棚架的功夫。李秩今天跟他們談好了細節，設靈堂供親友弔唁，三天後便要送去火化了。

徐遙把平板電腦放到床頭桌上，握住他的手，「你是不知道該把我往哪裡放對吧？」

「……你喜歡在哪裡都行，但我不想讓你背負那麼沉重的責任。」李秩嘆口氣，他們連好好談戀愛都沒談幾天，不應該把親屬的身分箍在他的頭上，彷彿是借著父親去世把他套牢似的。

「那如果現在幫你忙的是張藍呢，你會跟他說，我不想讓你背負親哥的責任嗎？」徐遙把手按到李秩後腦勺上揉了揉，「別說這種話了，你今天自己一個和葬儀社商談細節，挺累了吧，早點睡吧。」

「嗯。」李秩握住他的手，把正要起身到書桌前寫作的徐遙拉到懷裡，一起倒到床上，「你今天不也忙著和編輯開會嗎？你要陪我，還要兼顧自己的工作，你才累呢，你也該睡了。」

「我記得以前有的人是巴不得我天天更新的哦，現在有特權了，就妨礙普通讀者追文了？」徐遙開著玩笑掙脫了李秩的懷抱，把他按進被窩裡，床頭燈也轉暗了，「我寫一會就睡。」

「嗯……」額上柔軟的嘴唇觸碰像咒語一般，李秩的眼皮沉重起來，「有你真好……」

「……睡吧。」

徐遙安撫好李秩，便拿著平板電腦來到書桌前，自從遇過孟棋山的案件，他就意識到不能只把證據放在同一個地方。他建了一個私人信箱的雲端硬碟，把所有照片、線索和筆記都備份了，連李秩也不知道這個雲端硬碟。

而現在他也暫時不想讓他知道葫蘆認識蘇旅，還有蘇旅可能和他母親的死有關的推測。李秩已經夠混亂的了，他想要把線索梳理清楚再向他說明——至少在李泓的葬禮結束以後。

在悅城，藍玉路是一條永遠都只有黑白色的街道，這條通往火葬場必經之路，兩邊都是喪葬用品的店鋪。而在靠近火葬場的路口，是一家比李秩的年紀還大的葬儀社。從李秩的祖輩開始，這裡便送別著悅城裡的人，七尺長的黑白喪幡指引著弔唁隊伍，下車脫帽，整儀理裝，向逝者表達最後的敬意。

李秩看著掛在靈柩上的黑白遺像，覺得那好像不是自己的父親——包括那日在法醫室裡見到的——他並不是逃避現實，只是很奇怪地覺得照片裡的人已經不是他的父親了。

也許真正的李泓也不在那靈柩裡，他早就離開了，在一個不存在於所有人類已知的空間裡，鄙夷地看著這些人對著根本代表不了他的東西哀傷哭泣。

「請不要站在我的墓前哭泣，我不在那裡，我並沒有離去。」

徐遙走了過來，並排站在他身邊，一起抬頭仰望遺像中的李泓，「這是一個美國女詩人寫的。」

「……我知道他不在這裡。」李秩轉過身去，潔白的菊花和黑色的綢布環繞著四排整齊的椅子，清晨的陽光從最高處的玻璃窗撒下來，一片肅穆，「其實需要這個追悼會的不是他，是我們。」

徐遙握緊了他的手。

八點左右，陸續有局裡的警察前來弔唁，李泓的老同事也早早就來了，他們鞠過躬後便沉默地在後排坐了片刻，然後又沉默地離開。李秩也不強行搭話，他知道那些長輩正在以他們的方式和老朋友告別，就像他一樣。

在殯儀人員的指引下，向千山還有市立警察局裡的幾位長官都是一身整齊的警服，神情凝重地來到了靈前。李秩從三寶靈桌後走出來，等他們上香鞠躬，鄭重地還了一個深深的禮。

「節哀順變。」首先上前慰問李秩的卻不是向千山，而是他的妹妹向千惠，紀檢查總長的副手，她小聲地向李秩道歉，「老向還沒緩過來，這幾天都不說話，他其實也很有心的。」

「局長是我父親最好的朋友，我怎麼會怪他呢。」李秩確信鞠躬過後仍無言凝視了遺像好久的向千山是真的還沒緩過來——他和張藍、李秩一樣，難以相信李泓真的只是死於平常的意外。

「局長。」李秩走到向千山身邊，他從懷裡拿出一個小鐵皮酒壺，「跟我爸喝一杯吧？」

那鐵皮酒壺上有一個嚴重的凹痕，是一片流彈碎片打的——那是向千山的酒壺，但是在他和李泓第一次合作一件大案時，李泓說酒癮犯了搶了他的，正好救了李泓一命。

「沒想到他居然保存得那麼好。」向千山認了出來，苦澀的神情也展開了一絲笑，他接過酒壺，轉開瓶蓋喝了一口，把剩下的都倒在了靈前，「老李，一路好走。」

逝者一縷青煙，生者仍需勉力前行。

殯儀人員引入了下一位弔唁者，向千山的臉色卻猛地黑了下去。只見走進門來的人是林森，他孤身一人，一身黑色西裝，仍是那副教授模樣，在市立警察局長官們複雜的眼神下走到了李泓的靈前。

向千山盯著他，一道青筋從他額頭一直蜿蜒到眉心。張藍既然幫徐遙查案，自然逃不過向千山的眼目，此時林森是最有可能殺害他摯友的人，他竭力咬住了牙關，才沒有質問他怎麼還有臉來弔唁，於是他一步也沒挪動，就這樣和林森對視。

林森的神情自若，以恰好符合氣氛的嚴肅態度說道，「局長，不是打算在這個場合跟我打對臺吧？人家兒子都沒你敵意濃厚呢。」

「哥！」向千惠快步走過去，攔在兩人中間，她拉著向千山退後幾步，「不要掃了泓哥的面子。」

「千惠……」

「你也不要在這種時候刷存在感，好嗎？」向千惠瞪了林森一眼，林森竟收斂了一些傲氣，退後半步，讓向千山坐回第一排位置上去。

林森弔唁過後，才走到徐遙面前——他早就看見他站在親屬的位置，而此時，徐遙也像示威一般，把放著回禮的白信封遞到他面前。

林森沒有接，「你真的想好了，就站在那邊了？」

徐遙輕嘆口氣，「其實我從來沒有想過要分哪一邊。」

兩人無言對視，太多的情緒不適合以語言傳達，林森摸了摸鼻尖，接過信封，轉身往向千惠的方向走去，徐遙隱約聽到了類似「近來好嗎？」的問候。

李秩看徐遙一臉疑惑，很是意外地為他解說：「你不知道嗎？林森和向委員以前是夫妻。」

「夫妻？」徐遙詫異極了——對了，林森說過他結過婚，但是又離了，只是他沒想到那居然是向千山的妹妹——這似乎又解釋了為什麼向千山對林森除了公事的針鋒相對，還有私仇一般的看不順眼了。

仔細想想，他和林森認識雖久，但從來都是他向林森述說，對林森的事情卻是知之甚少。

也許他其實也沒有那麼熟悉他……

徐遙再次看向林森的背影，他已經混進了那一群長官之中，一起離開了靈堂。

「林森，」落在眾人後方幾步的向千惠向林森道，「你是要回家，還是回學校？」

「我今天請了假。」林森的語氣略微抱歉，「剛剛失禮了。」

「你跟我哥也不是第一天這樣。」向千惠的神情既無奈又得意，即使已經四十六歲了，還是很俏皮，「走吧，我送你回家。」

「妳怎麼知道我沒開車？」

「早上下了點小雨。」

向千惠說道，林森輕嘆了口氣。在徐峰被殺那天，他是開著車上山找他的，那時候下著雨，山路泥濘，從那以後，他都不敢在下雨時開車了。他從學生時期就認識了向千惠，儘管最後不能相守終老，也是對他最熟悉的人。他沒有推辭，坐上了向千惠的車。

兩人一路無話，到了曾經的家門前，向千惠似乎在猶豫該不該進去，林森主動邀請道：「進來坐一會吧，都年近半百了，還有什麼好尷尬的。」

「我是擔心會不會讓你現在的女朋友吃醋。」

向千惠一邊打趣林森一邊進門，屋裡的擺設和她還在時一模一樣。她打開了茶水櫃的第二格抽屜，驚訝地發現裡面的花茶還是她經常泡給他喝的薰衣草茶。

「你不是不喜歡薰衣草的味道嗎？」

「喝習慣了，懶得換。」林森連忙從電視櫃下拿出兩個鐵罐子，「我也喝綠茶和紅茶，輪流喝，換換口味嘛。」

「……你還是跟從前一樣，只會把尷尬的氣氛搞得更尷尬。」向千惠指了指電視櫃，「電視櫃那麼遠，而薰衣草就放在茶水櫃裡，代表你平常都泡薰衣草，那兩罐是客人來的時候才泡的。」

林森有點困窘，彷彿成了害羞的少年人，「都忘了妳是最聰明的旁聽生。」

向千惠笑了笑，熟門熟路地泡了一壺花茶，和他坐下說話。

「你最近動靜那麼大，也不能怪我哥對你不滿，其實你也知道美國那一套在我們這裡不適合，就算是徐峰老師，也只是把犯罪心理研究放在學術探討和家庭教育的範疇，你為什麼一定要那麼執著呢？」

「因為經過了二十年的研究，我發現我們也應該這樣做，才能最大程度地挽救受害者。」林森不以為然，「徐峰老師當時是認為我們沒有對應的技術和人才儲備，但是現在我們已經辦得到了，為什麼不發展起來？」

向千惠雙目炯炯，直視著林森的眼睛，每次林森輕描淡寫地敷衍時，就是他心虛的時候，她想要逼他說出真相，「你真的覺得這是為了受害者，而不是為了你自己的執念？」

「我有什麼執念？」

「你自己清楚你最放不下什麼，」向千惠一字一句道，「徐峰已經死了。」

「……我知道，我不只知道他死了，我還知道妳離開我了，孫皓坐牢了，連徐遙都倒戈了！」林森深呼吸著，語氣激動了起來，「我知道一個人一生的追求不可能太多，但我也就剩下這一個選擇了。我就執著下去，到底最後是遺臭萬年還是百世流芳，那就交給以後的人來評論，你們都沒有資格當這個裁判！」

向千惠沒說話，她拿起玻璃茶壺，一隻手按著茶壺蓋，涓涓細細地往他的茶杯裡倒了半杯淡紫色的薰衣草茶。

「……妳是不是覺得我像一個劣質的翻版？」林森看著向千惠的側臉，儘管歲月在她臉上劃下了明顯的痕跡，但是她垂著眼簾深思的模樣，仍然是那個坐在他身邊聽課的女生，「妳是不是以為我是想要通過做成徐老師沒做到的事情來證明自己比他好？」

「你在說什麼呢？」向千惠嘆了一口氣，收起了自己的茶杯，「我回去了……」

「還是妳認為無論我做什麼，都只是徐峰的翻版？」林森隨著向千惠站起，「妳今天看見徐遙，不覺得他很像徐峰老師嗎？」

「我跟你說過很多次，我只是尊敬仰慕徐老師，我沒把你當替身，你從前和現在都不是誰的替代品！」向千惠猛力把杯子放回茶水櫃，回過頭去，眼神裡既有憐憫也有哀憤，「你再這樣想把自己活成徐老師的話，只會逼走更多人。」

林森的嘴角微微顫抖了一下，他想上前去握住向千惠的手臂，但她已經一步閃開，走到了開闊的地方，「你最近壓力太大了，喝完薰衣草茶，好好睡一覺吧。」

說罷，也不等林森回應或送別，她徑直走向玄關，拉開門，頭也不回地走了。

——就和當年前她決定離婚的時候一樣。

一天過去，臨近晚間九點時，已經少有人前來拜祭，靈堂開放時間到九點半，徐遙正在和葬儀社的人商量事情，便又聽到了新一批人進來。李秩抬頭，看見了一身黑的何樂為，他到靈前弔唁過後，便走到李秩身邊去。

「能不能借一步說話？」

「借一步說話？」李秩是唯一的家屬，他離開的話這靈堂成何體統？「也沒別人了，在這裡說吧。」

「……好，反正你們都知道霍老七。」何樂為看了看徐遙，徐遙意會，把工作人員遣走，「怎麼了，孟棋山那伙人還有漏網之魚？」

「嗯，我們都感覺到有人在找他，所以我把他安排在安全屋裡，今天也不能來了。」何樂為向李秩做個抱歉的表情，李秩搖頭表示沒關係，「其實霍老七被我們救出去以後昏迷了一整天，醒來後意識有些不清楚，最近他才慢慢恢復了。他說他覺得悅麗區的黑警沒有那麼簡單，他覺得孟棋山他們也只是下線，還有更大的勢力在背後操縱，而且那人的老巢就在市中心，也就是永安區。這是你們的地盤，所以我來問一下，你們有沒有察覺到什麼風吹草動？」

「悅城的大人物……」

徐遙喃喃自語，林國勇的筆記又再一次浮現在他眼前。他正猶豫是不是該在此時說出他調查得到的線索，卻見李秩跑去關上了門，也顧不上是否符合規矩，直接把兩人拉到了靈桌邊，把東西都撥到一邊，從休息室的背包裡拿出一個對折塞進去的牛皮信封，倒出了裡面的東西，都一些照片和紙條。

「市立警察局的資料室不准拍照，我只能偷偷抄下來……何隊長，你看看這個人，有印象嗎？」

「……這人是誰？」何樂為的眉頭緊皺，明顯認得，「他曾經在安全屋所在的大廈外面徘徊，雖然他沒有走進去，但他在外頭抽了根菸，時間不短。」

徐遙大驚，那可是葫蘆的照片！「你是說，他在監視你們？」

「反正我當時有警覺起來……這人到底是誰？」何樂為看到李秩一臉沉痛，「和你父親的死有關？」

「就是他殺了我爸！」李秩的眼眶泛紅，他吸了吸鼻子，「我總算知道他為什麼會死了……悅麗區，沒錯，每次只要案件涉及悅麗區，就會有人死……我媽，李小敏，袁沐，還有我父親……」

「李秩？」徐遙察覺到異樣，「你怎麼了？」

「對不起，我騙了你。」李秩向徐遙道歉，一臉「我只能出此下策」的無奈，「我昨天去了市立警察局調查一些東西，查到後來，我發現這些事和林森都有千絲萬縷的關係。我擔心你對林森還有感情……我不是擔心你包庇他，我只是不想在事情還沒有查清楚以前就讓你憂慮。」

「查清楚？」徐遙皺眉，拿起那些紙條，卻是一些十多年、二十年前的瑣碎案件，沒有很大的社會危害，但無一例外地和悅麗區有關。

「當時悅麗區還沒有設立正式的派出所和警察局，案件都是由當地的巡守隊協助處理的，」李秩看著徐遙的眼睛道，「我接著要說的話都是基於我調查到的資料推測的，我沒有針對林森，你願意聽我說嗎？」

「你說吧。」徐遙的指尖發抖。他以為李秩還沉浸在悲傷中，無法承受更多殘酷。但他想把他保護起來的時候，他已經撕破了紗布，任由傷口流血，踩著一地的血腳印，蹣跚地接近真相了。

「我查到了葫蘆在戒毒中心時曾經和蘇旅是好朋友，而蘇旅是在戒毒中心裡學畫畫的，後來出去再深造，接著就被林森介紹給王志高參加那個彩虹計畫了。你還記得我說的偷研究所東西的癮君子其實是為了找那些精神科藥物嗎？我覺得是林森指使他去偷藥，卻被我媽媽撞見，不管是錯手還是故意，總之他都殺了我媽媽。隨後林森給他遮口費，所以蘇旅才有錢去讀美術學院。而林森一向都很看不起劉宇恒，也許他是捉到了林森的把柄，威脅他提供錢財和學術上的造假，所以林森才會把他洗腦成另一個人。」

李秩一口氣說完了自己的推測，何樂為越聽眉頭皺得越緊，「李秩，你知道林森是我們警察大學裡舉足輕重的教授，在體系裡也有很大影響力，我們隊上多得是他的學生……你要是想指證他，只靠推測是沒用的。」

「我知道，所以我才要去查更多的線索。」李秩雖然是對著何樂為說話，但視線一直定在徐遙臉上，「徐遙，如果你想拒絕我也沒關係，但是，我還是想要有你陪著我，陪著我走完這段路。這才是我送別我爸的方式，而不是點幾柱香磕幾個頭。」

「……你是怎麼想到你父親的死和悅麗區有關的？」徐遙揉了揉嘴唇和下巴，好讓自己有些僵硬的臉恢復表情。

「你說過，如果事情太複雜了，那就回到所有事情的開端去。」李秩道，「事情是從你父親去世開始的，那就是悅麗區。」

徐遙揚起眼睛，金色圓框眼鏡下的雙眸水光瀲灩，他的嘴角微微下彎，像是不太高興，「李秩。」

「嗯？」

「你可以出師了。」徐遙說罷，往前一步兩手一抬，圈住了他的頸脖，「這次我是真的作陪的，你才是調查的主導。」

「……所以你會陪我一起調查？」

「我們的父母，肯定不是因為那麼簡單的理由離開我們的。」徐遙攬緊了他，「李秩，我們註定是要一起把真相找出來的。」

一直惴惴不安的擔憂在這個擁抱裡化為泡沫，李秩的心頭輕了大半，用力回抱徐遙的時候，把他抱得腳尖都踮了起來。

何樂為翻了個大白眼，「你們就算不把我放在眼裡，也尊重一下這個靈堂啊？」靈堂之上，李泓的遺照依舊只有黑白色，但何樂為感覺這位前輩的容貌也和藹了些——

請您放心吧，您的親人、摯友、同僚，還有很多很多的後來者，都會竭盡全力為您找尋真相，不死不休！

李泓的火化儀式順利完成後，李秩把他的骨灰放進母親旁邊的格子，雙手合十祈禱：「爸，媽，我走了，你們在天有靈，保佑我早日找到真相。」

徐遙沒有打趣他像港片那麼老套，他隨他一起合掌鞠躬，毫無波瀾的臉上看不出一絲情緒。

他也即將要去面對他的父親——但那肯定不像現在這般的安詳和睦，在那間長久矗立在叢林中的民宿，他一次次在自己的回憶裡搜索深藏的線索，還要分辨到底那是真實還是幻覺。

「徐遙，我們從你們籌備合宿的時候開始回憶吧。」李秩還是覺得自己配不上「催眠」這項工作。

徐遙不解，但他沒有反問為什麼，直接回答道：「其實我們也沒什麼籌備。就是有一天，我們幾個對偵探推理很感興趣的同學在袁伯伯的書店裡開交流讀書會，就產生了我們也模仿日本的推理研究社團搞一個合宿訓練的念頭。當時袁伯伯說他在山上有一間民宿，所以我們就決定去那裡了。」

「除了你們的父母，還有誰知道你們會去那裡？」

「我只告訴了我的父母，」徐遙搖搖頭，「但我不知道其他同學還告訴了誰。」

「嗯……」案件發生以後，除了馬天行，其他的當事人、包括徐遙自己都離開了悅城，找到他們追問二十年前的懸案是不太可能了，李秩含糊帶過，「我們走吧。」

「好。」

這是徐遙第二次回到案發現場。第一次是他請求李秩來幫助他的，所以他是處於主導的地位。而這次是李秩想帶他回來，這之間的差別除了找尋真相的積極性，還有兩人相處的模式——不再只是徐遙要求李秩回應，李秩也可以提出他的要求，而徐遙也願意回應，願意被他索要。

徐遙的堅冰鎧甲一層層融化，逐漸露出溫暖而柔軟的內心，而李秩的任務就是變成這顆心的鎧甲。

點起了松香精油，徐遙躺在沙發上，握著李秩的手，沉沒進了意識的深海。當他再次睜開眼，他發現四周一片安靜，他完全聽不到李秩的聲音，但是能感覺到他在對他說話，他已經成了他內心的一部分，不需要「聽」，便已經知道他的存在。

每個催眠師都會向被催眠者強調「你現在很安全」，徐遙現在才知道真正的「安全」到底是怎樣的。

「徐遙，上車啦！發什麼呆！」

有人說話，他回過頭，卻看見包括馬天行在內的幾個小伙伴正在向他招手，有的人已經迫不及待地鑽上了車子。

嗯？怎麼這次的回憶是從上山開始的？

疑問剛起又消去了，剛剛李秩問過他上山前的情況，所以他便從這裡開始了他這次的回憶旅途。

「來了！」徐遙輕快地回答，好像根本不知道接著會發生什麼一樣。他跑到那輛銀白色的廂型車旁，抬腳跨上，卻一步踏到了一個完全不同的地方。

昏黑的樓梯道，微微的嘈雜，馬天行的驚呼——是他暈倒前的景象。

林森，他好像還聽到了從前沒聽到的林森的聲音——不對，到底是他真的聽到了，還是林森告訴他他去過那裡，於是他的腦子才補充了這塊記憶，他當時根本就沒聽到也沒看到呢？

徐遙想要放慢腳步，藏在樓梯上偷看，但他的身體不受控制——那是真實發生過的事情——快步往一樓跑了下去。

「徐遙！回去！」父親看見了他，驚慌失措地朝他大喊，他愣了一愣，便倒在了地上……

不是，在暈倒前他還聽見了什麼？

在父親朝他大吼之前，就已經有其他的爭吵聲了，如果那是一個凶狠的殺手，那傳來的應該是打鬥的聲音，而不是吵架的聲音啊！

徐遙猛地睜開了眼睛，眼前的一切變成了一幅定格畫。

他倒下的地方正前方就是電視機，關掉畫面以後，黑色的玻璃清晰地映照出了他身後的情況。

徐遙像是靈魂出竅一般離開了自己的身體，他站了起來，試著往前走，但是移動不了，他的記憶只在他的身體裡，無法看見他視覺以外的東西。他又轉過頭去，便看見了林森。

那確確實實就是當時就存在於這裡的林森，而不是他的幻想，因為他的印象中，林森從來沒有過這般驚惶恐懼的表情。在此刻以前，他都不知道原來那個總是照顧他的森哥也是會害怕的。

那已經不是用害怕可以形容的表情了，是恐懼，是那種面對完全未知的可怖生物時不能控制的恐懼，說明那生物是會有殺死他的可能性。

林森看見了凶手！

徐遙彷彿聽見了一聲弦響，沒錯，林森說他看見了凶手——儘管他說他看見的是徐遙——這是真話，他的確看見了，他沒有說謊，他是真心實意地對他認為的凶手保持警惕的。

可是，為什麼他會認為凶手是他呢，明明他已經在他面前暈倒了？

徐遙繼續探視四周，他總感覺眼角餘光有一團黑色的霧氣，那應該就是凶手，但有什麼東西阻礙了他，讓他無法看清那團黑霧的真正樣貌。

對了，松香，李泓說的那個花瓶架上的松香！

徐遙看向花瓶架——那裡確實有一瓶松香精油，而且還插著幾朵紙花擴香，一看就是有人嫌這空置的房子空氣不好，才會在上風口的窗邊放上松香精油消除異味——他可不認為他們幾個小屁孩能有這樣的雅致。

「我可以幫你。」

忽然，父親說了一句徐遙毫無印象的話。徐遙猛地轉身，只見徐峰向著樓梯口那個方向說話，他的聲音異常冷靜。

「我可以和你捆綁在一起，你放過我兒子，放過這群無辜的孩子。」

徐遙愣愣地聽著，他還能「聽」到，說明當年父親在說這句話時，他還是有意識的，可是為什麼他之前完全不記得自己聽過這句話?!

徐遙還沒找出一點頭緒，就聽見了一聲重重的鈍物敲擊聲，隨後他的父親便倒在了地上，他清楚地看見了他的頭顱頂部冒出了鮮血，一個滴血的煙灰缸垂在了他眼前……

「爸、爸爸！」徐遙大叫了起來，他從來沒見過他父親遇害的瞬間，他本能地想跑過去抱住他，但在回憶中他無能為力，只能徒勞地向他伸手，痛哭失聲。

「徐遙！徐遙！回來，跟我回來，跟我回來！」李秩用力搖晃著掙扎的徐遙，把他從催眠中喚醒，「徐遙！」

「我爸！我爸沒死！」徐遙睜開眼來，眼神都還沒有聚好焦，便捉住了李秩，一邊還在十五歲時目睹父親死亡而痛哭，一邊卻強迫三十五歲的自己述說回憶，以免遺忘，「我暈倒的時候我爸還沒死，林森！林森也看見了凶手！他們還吵架、還談判！凶手、凶手是認識的人，是他們認識的人！」

林森真的在場？

李秩皺眉，但他沒有馬上和徐遙討論，他拍著他的背，直到他把二十年前該哭的眼淚都哭完了，又泡了一杯熱咖啡給他，等他緩過來了，才小心翼翼地說道：「徐遙，我相信你沒有說謊，但是你也清楚，有時候可能是大腦對我們說了謊，你能確定你是真的看見了林森，而不是受他之前說的話影響？」

徐遙搖頭，「我一開始也以為是自己腦補，但是我看到了他，我非常確定他真的在那裡，因為如果是我的大腦想讓我相信，那我應該看見一個符合我對他既有印象的形象，而不是一個我從來沒見過的模樣，那只會提醒我那不是真實存在的。」

李秩順了順這七彎八繞的邏輯，又道：「那你說的，凶手是他們都認識的人，這個他們指的也是林森和你父親？」

徐遙點頭，「我當時被打暈了，但我推測其實我沒有徹底失去意識，只是後來受了刺激，自動把這些模模糊糊聽到的東西遮罩了。我聽到我父親跟對方說什麼我們可以合作、放過我兒子和孩子們之類的話，這表示我父親身上有那個人需要的東西，不然我父親也不會這麼說。」

「但是，對方還是動手了，」李秩皺眉，輕輕地搖了搖頭，「不對，那他為什麼要放過林森呢？他既然殺了徐峰，沒理由放過林森這個證人啊？」

徐遙捧著咖啡杯喝了一口，「我也不知道，我的記憶很跳躍，應該是我當時被打了，意識斷斷續續，我聽見我父親和那人談判，可是我沒聽到那人說話，再接著我就看見了我父親被殺害的瞬間。他是被人用煙灰缸砸破頭頂的，那人之所以把他的顱骨切開，取出腦組織，應該是要掩飾這個真正的致命傷。」

「那疑點就更多了。」李秩道，「當年的凶器一直沒找到，警察普遍認為是一個小型手鋸，證明對方是有備而來的。但如果你說是煙灰缸，那就是隨手從屋裡拿的，這表示凶手是臨時起意。但他既然是臨時起意，一時之間，又是從哪裡找來的工具來做後面那些掩飾動作呢？而當初我父親懷疑是你，其中一個原因就是現場沒有其他車輛的痕跡，只有一輛車，就是你們上山那輛廂型車的輪胎印。如果有其他凶手，那他是怎麼來、怎麼走的？還有，林森又是怎麼來、怎麼走的？至少會有鞋印吧？」

「我不知道，我不知道！」徐遙越聽頭越痛，他放下杯子，揪住自己的頭髮，「也許凶手是這座山的惡靈，附身到我們其中一個人身上呢！」

「對不起，我不是在責問你，我只是習慣了和你討論案情。」李秩把他攬進懷裡，指尖梳著他的捲髮，「我沒想到這個案情對你來說是多麼的痛苦，是我錯了。」

「……其實我最痛苦的不是我父親莫名其妙地死了，」徐遙把頭靠在他的胸前，悶悶地回答，「我最痛苦的是我根本不知道自己看到的是真相還是幻覺。也許這所有的一切都是只是我的幻想，就是我殺了我父親，然後我發瘋了，這以後的一切都是我的幻想，包括你。我其實只是被關在精神病院裡的一個瘋子，你只是我幻想出來自我安慰的想像，根本沒有人會這麼相信我。」

李秩的手扶著徐遙的頭，讓他緩緩抬頭看自己，「如果我是你的大腦塑造出來的自我安慰，那是不是說，我就是你的理想型？」

「哈啊？」李秩這天外飛來一筆讓徐遙噗地笑了出來。

「幹嘛笑啊，我還有什麼缺點嗎？」李秩扁嘴，故意用電影對白的腔調說道，「你到底對人家有什麼意見嘛，你說啊，你說了人家就改～～」

李秩有什麼缺點嗎？徐遙倒是認真地打量起他來了——

有的，他務實，現實，可以對他的小說寫千字評論，卻只會對著他臉紅。比起情迷意醉的撩人，他更注重一粥一飯的關心，整個人就像一塊矗立在海邊的岩石，任風急浪大，他總在那裡，分毫不動地指使著一條返回陸地的路。

而這份塵世感卻是徐遙最迫切需要的。他的敏感和聰慧是他的天賦也是他的詛咒，他常常會陷入過分奔騰發散的思維裡，像風箏一樣不斷往上飛，承受越來越猛烈的炙烤。但現在李秩綁住了他，他有了束縛，卻也有了腳踏實地的安全。

「不用改了。」徐遙笑笑，輕吻了一下他的嘴角。

你就是我的理想型。

在民宿裡待了半天，徐遙逐漸回憶起一些類似大家都吃了什麼零食說了什麼話題的細節，但整理下來似乎也和案情沒有聯繫。李秩擔心他太傷神，建議先下山找間旅館休息，明天再繼續。徐遙同意了，他的確開始有些精神渙散，難以集中了。

時近元宵，悅麗區休閒農莊的住宿生意開始火熱了，各式私家車沿著馬路邊停了好長一列。還好兩人在這裡也算有些聲望了，剛進入居民區就有好幾個村民過來打招呼，很快他們就找到了下榻的地方。

他們小憩片刻，正準備出門去吃點東西，遊謙就過來打招呼，很熱情地把他們帶到了一家之前因為春節休息他們沒嘗到的道地農家菜館去。

在大城市裡住久了，小鄉鎮居民自來熟的熱情讓李秩和徐遙有些手足無措，上次他們是來辦案的，大家見到他們都很凝重嚴肅。現在這些人都把他們當作英雄，那盛情更是讓人難以招架，老闆不只上菜還上了酒，李秩百般推辭，也擋不回來，抿了半天才把小半罐燒刀子喝完。

遊謙哈哈笑，「副隊長，你這不像當警察的啊！從前我跟鎮上的老隊長們拚酒，都是一口一口吞的呢！」

「看你吹牛！」剛好送菜經過的禿頭老闆猛拍了遊謙的肩膀一下，「哈」地調侃道，「你忘啦？九七年那一次，你喝得脫光了衣服在田埂跳舞，差點被當成流氓捉走了嗎！」

「欸欸欸，老何，不要在別人面前漏我的氣啊！」遊謙滿臉通紅，不知道是因為喝酒還是被嗆，他揮手趕跑了拆臺的老闆，嘿嘿笑著繼續喝，「副隊長，徐老師，你們多吃點多喝點，不然我兒子一定會怪我沒招待好你們！」

「遊叔你客氣了。」李秩客氣著又幫徐遙擋了一杯酒，徐遙趕緊岔開話題，「遊筱現在怎麼樣了，康復得還好吧？」

「精神可好呢，就是傷在背上不太能動，幅度太大就會扯到傷口，」遊謙說到兒子，話語是嫌棄的，但語氣是開心的，「可他就愛管閒事，天天搞得醫院雞飛狗跳。有個住院的老頭罵一直照顧他的女兒是賠錢貨，心心念念著在外地工作的兒子。我兒子就跟人家吵起來了，說你也不看看現在照顧你的是誰，你也就明知道你女兒懂事乖巧，你罵死她都不會拋棄你才敢這樣欺負她。你有本事對你兒子罵一句啊？他不給你飯菜裡放老鼠藥讓你趕緊超生別拖累人都算他有人性！那凶巴巴的樣子，要是他能動，說不定就跟人打起來了！」

李秩失笑，但笑過了又有點擔心他仍然為當年的失職耿耿於懷，便試探地問：「遊叔，遊筱有跟你說過他在工作上的事情嗎？」

「沒有，我這兒子很獨立的，從小就很會照顧自己。」遊謙嘆口氣，「年輕的時候我只會拚搏，以為這樣以後就能給他更好的環境，但其實做錯的更多。現在我退休了，就指望這樣給他送送飯探探班，可以讓他感覺到我的愧疚。」

徐遙安慰他：「雖然你沒有給他陪伴，但你是這裡的巡守隊長啊，他肯定是受你影響才會想當一個警察。你在他心裡一定是個英雄！」

遊謙被說得眼睛都泛紅了，他扭過頭去抹了一把老淚，「什麼英雄，什麼隊長，不就是個巡山的，哈哈……」

一頓熱熱鬧鬧的晚飯吃得眾人心裡暖洋洋的，遊謙和李秩都喝了不少，最後徐遙堅持要送遊謙回家，「你們都喝酒了，不可以開車！我送你回去吧！」

「不用，這裡是我的地盤！我閉著眼睛都能回家！」遊謙笑嘻嘻地，已經腳步漂浮了，徐遙上前一步扶住他，李秩卻又扶著路邊的路燈柱吐了起來，他一個人一雙手，一下子不知道該照顧誰。

「你去看副隊長！我沒事，我自己回去！」

遊謙推開徐遙，嚷嚷著往前走，徐遙連忙把他捉住，不管他答應不答應就把他塞進副駕駛座，這才回頭去扶李秩。還好李秩只是吐，沒有發酒瘋，徐遙讓他坐進後座，便當起司機，先把遊謙送回家——遊謙家裡只有他們父子倆，徐遙只能拍響鄰居的門。還好村民熱情樸素，遊謙又是比較有地位的老人，鄰居也願意幫忙照顧。

徐遙謝過鄰居，回到車裡開車回旅館，李秩剛回到房間又吐了一回，這次他吐得胃痛，整個人蜷成了一團。徐遙跑到前臺去問有沒有胃藥，前臺沒有，他只能開車去還在營業的藥房買藥，奔波到了十一點多，才總算把李秩安安穩穩地弄上床去了。

「徐老師，看你跑來跑去的，辛苦了。」前臺小妹拿了熱水和熱毛巾給他，還有一些小零食，「給你送點夜宵。」

「謝謝妳。」徐遙還真的忙得有點餓了，他拿起一根臻果巧克力棒就往嘴裡咬。

「藥房那麼遠你怎麼不開車去呢？」

「嗯？我開了啊。」徐遙詫異道。

「哦，我看到車一直停在同一個位置，還以為你沒開車！」小妹說得也有道理，前院的停車場明明還有十幾個車位，機率上來說，如果出去了再回來，車子停在同一個位置的情況反而是少數。

但徐遙就是那個有強迫症的少數，「那個位置好停，我就兩次都停那裡了。」

「啊，停車位也有好不好停的區別嗎？我不會開車，分不出來呢！」

前臺小妹很熱情，嘰嘰喳喳地又介紹了幾個解酒的方法給徐遙，這才回去工作。徐遙也夠累了，他吃完零食，脫掉大衣便躺上床，關燈睡覺。

然而他卻覺得總有些什麼東西在他的腦袋裡搔癢，一個捉不到的念頭在腦子裡竄。他明明看見了一點殘影，但仔細卻想，卻又什麼都想不出來。

徐遙是研究心理學的，他知道人類的直覺有時候比縝密的思考更靠近真相。他乾脆坐了起來，拿起房間裡的便條紙，把今天離開民宿以後別人說的所有話都寫了出來，又按照哪個人說的歸類，在櫃門上貼了滿滿的便條。

直到他把最後一個見到的前臺小妹說的話都貼上去了，他便坐在床邊，發呆似地看著這密密麻麻的紙片。

因為車子在同一個位置，所以別人就以為車子一直在原位沒有離開過？

這句話彷彿有著什麼魔力，徐遙的視線逡巡到這句話時便定住了。也不知道他到底看了多久，反正他回過神來揉眼睛時，是因為李秩醒了，窸窸窣窣地摸到他身後，抱住他問他怎麼了。

「……我知道有什麼不對了。」徐遙轉過頭去，牙關發顫，「我有辦法知道那個從我記憶裡隱形了的人是誰了。」

林森覺得自己度過了這輩子最漫長的一天。

屋裡仍是熟悉的擺設，桌子上還放著精緻的玻璃茶具，茶盞裡的花茶顏色仍是透著淡紫色的清澈，甚至連空氣中彌漫的熟悉的松樹芬芳，也一如昨日。

他好像看見了向千惠，那是二十六歲的她，穿著湛藍的布裙，綁起的馬尾在側耳聽他說話時滑到肩頭上，拱起一個古典的圓弧。她聽著他說那些艱深的心理學理論，偶爾露出一個「原來如此」的神情，睜得圓圓的眼睛裡滿是興奮和歡喜。

就像她答應他的求婚時，他眼中的神情一樣。

不，還是不一樣的。

林森的眉心發脹，他揉著緊皺的眉頭，但無論手指怎麼用力，都無法把糾結的溝壑展平。如同他此時對向千惠的感情，無論如何都無法回到最初。

或者是因為，最初她接近他，就不是因為對他有感情，而是被溫文爾雅的徐峰教授吸引。

他始終是個替代品，他以為真品不在了，她就會將就選擇他，卻沒想過假的永遠都不會成為真的。

只是他一直自欺欺人，連自己的大腦都接受了這個說法，以至於他遺忘了真相那麼多年。

一切戲法最終都會被人揭穿的，與其等著別人撕破這層魔術師的黑布，他寧願自己來打開所有謎團。

林森抹了抹額上的冷汗，摸出手機來，回覆了一條匿名訊息：

我幫你最後一次。

姚籽寧脫掉工作服，洗乾淨雙手，又回到辦公桌前處理文書工作。儘管他暫代張紅來到永安區警察局工作已經一段時間，並且從前也在地方法醫室工作量大時幫忙接一些外援案子，但正式工作起來還是有很大的差別，在解剖後要填寫的報告也繁瑣得讓人抓狂。但如果現在不耐著性子執行到位，在以後翻查時帶來的不便和誤差更可觀。沒有一個法醫能容忍自己的職業生涯蒙上這麼一個污點，加班就成了正常現象。

「姚醫生，還好你還沒走。」

有人敲門進內，姚籽寧抬頭，卻是李秩，「副隊長?你怎麼……」

「人死不能復生，總不能一直哭喪著臉吧?」李秩抵著嘴角笑笑，他走進辦公室，壓低聲音，鬼鬼祟祟地拿出一個黑色塑膠袋，「姚醫生，麻煩你幫忙送檢一下這個。」

「這是什麼?」姚籽寧打開塑膠袋，只看見一個透明的密封袋，貼著米黃色的標籤，標籤上寫著日期和編號——是從證物室取出來的案件證物，「這是哪個案子?」

「是我父親一直耿耿于懷的案件，二十年前的徐峰案。」李秩看見姚籽寧驚訝的神情，在他拒絕前連忙勸說，「我知道沒有新證據出現的話原則上是不會重開舊檔案，但這是我父親耗費一生追求的真相，我現在已經有眉目了，請你幫幫我。只要你幫忙了，我就有新證據可以重新開始調查了。」

「副隊長，你的心情我很明白，但是我肯定這個證據當年就已經驗過DNA了。」證物袋裡的是一根幾乎看不見的細小毛髮，姚籽寧為難道，「要嘛是沒有毛囊驗不出來，要嘛是驗出來了但是DNA庫裡沒有匹配得上的嫌疑人。無論是哪一種，現在再驗一次都沒有意義吧？」

「有意義，」李秩說著，拿出了另一個證物袋，裡面是一根完整的頭髮，末端微小的圓形毛囊清晰可見，「現在有可以對比的新證物。」

姚籽寧瞪大眼睛，「副隊長，非法獲得的證物也沒有用啊……」

「但至少我可以確定是不是他！」李秩語氣堅定，「如果確定是這個人，我會去跟他的車來個小碰撞，然後馬上報警封鎖車輛，讓警方從他車裡搜，我不信他的車裡會一根頭髮都沒有！」

「副隊長，你這樣誘導調查，會被查辦的！」姚籽寧大驚，「你為什麼要這麼鋌而走險？」

「一個是我的父親，一個是我的愛人，如果能夠解決這個案件，也值得了。」李秩深深地嘆了一口氣，「無論停職還是革職，我心甘情願。」

也許是李秩的義重情切打動了姚籽寧，他也隨之嘆氣，「我可以幫你，但是你要答應我，千萬不可衝動行事，也暫時不要把這個想法告訴別人。我們等檢驗結果出來再從長計議，好嗎？」

李秩點點頭，「姚醫生，謝謝你。隊長和局長總以為我是小孩子脾氣，我也請你不要向他們彙報，好嗎？」

姚籽寧猶豫了一下，鄭重地點了點頭。

李秩走出警局，往停在馬路對面的車子走去，靠著車門等他的徐遙，一看見他就快步迎了上去，一言不發地攬住他的脖子。

「我們能做的都做完了。」李秩回抱他時感覺到他微微地發抖，便更用力地把他抱緊，「無論如何，都會有一個結局的。」

「這麼多年了……」徐遙埋首在李秩的頸窩裡，那些在二十年間綿延拉扯的線索，在這一刻終於連接成串，他連聲音都在顫抖，「真的可以結束了嗎？」

「會的，一定會的。」

李秩緊緊抱住徐遙，像是安慰他，也像在安慰自己——他們像兩個一直在漆黑森林裡往前奔跑的人，跑到身體和心靈都快要麻木的時候，看見眼前有一道光亮的開口。他們欣喜地往那衝過去，但是誰也不知道那出口連通的到底是平原水田，還是斷崖峭壁。一步踏出，到底是真相大白，還是永墜黑暗。

他們只知道，無論是哪一種結果，他們都只能往那裡衝，一起踏出這片困鎖他們那麼久的迷霧森林。

姚籽言插了個隊，翌日中午報告便出來了。他傳簡訊給李秩，約他下班見面，但李秩正好結束假期回警局報到，便直接去法醫室找他了。

李秩一推開法醫室的門，卻看見一個他意想不到的人，「紅姐？」

「李秩，好久不見，」張紅上來便給他一個輕輕的擁抱，「節哀順變。」

「……嗯。」對了，她一定是聽說了他父親的噩耗，才從不知道哪個地方趕回來的，李秩心頭一陣溫暖，「有你們，我很好。」

「既然如此，就說說這個吧。」張紅手裡拿著一份鑑定報告，站在一邊的姚籽寧一臉「我也沒辦法她才是正式的老大」的模樣，「你好大的膽子。他是什麼人，什麼地位，你竟然越過那麼多級去對比他的DNA？」

「紅姐，我很難跟妳解釋，但是我必須這樣做……」李秩有些為難，說服張紅可不容易，尤其是在她的專業範疇，「妳先把報告給我……」

「我不給，你不說明白，我是不會給你的！」張紅嗖地把報告藏到身後，「你這麼衝動莽撞，跟徐遙說過了嗎？他同意你這麼葬送自己的前程嗎？」

「他……」李秩不知道怎麼跟張紅解釋才好，正焦急，手機就響了，是徐遙的號碼，「徐遙，怎麼了？」

「請問你是李秩李警官嗎?!我叫黃嘉麗，是徐遙老師的編輯！」

對方說得又快又急，李秩愣了一下才想起那個在孕婦受害案中見過面的黃嘉麗編輯，「對，我是李秩，請問妳怎麼……」

「徐老師不見了！」黃嘉麗焦急道，「我今天和他約好談事情的，但是他一直沒來，我打給他，只聽到他喊了一句『找李秩』電話就斷了！我來到他家，他家的門沒鎖，手機掉在地上，可是沒有人在！」

「……我馬上過來！」

李秩臉色一白，張紅揪住他不讓他走，「發生什麼事了！」

「徐遙……徐遙被綁架了！」李秩見張紅靠近，不顧禮貌一把搶過那份鑑定報告，張紅阻撓不及，李秩猛地抽出裡面的紙張，卻只是一張白紙，他瞪大眼睛看了看姚紓寧，又看了看張紅，明白了過來，「你們合伙騙我！你們根本沒幫我檢驗！」

「我們是為你好……」

「林森就是這些案子的幕後主使！我就差那麼一點，你們怎麼就不肯給我一點希望！」李秩生氣極了，他撕碎了那張白紙扔到地上，「徐遙出什麼事的話，我一輩子都不會原諒你們！」

「幹嘛呢幹嘛呢！一回來就上演手足反目是吧?!」卻見張藍推門進來，抓住李秩的手臂把他扭了回去，「徐遙出什麼事了?」

張藍不早不晚地跑進來打圓場，更讓李秩覺得他們是早有預謀的，他掙開張藍的鉗制，「不用你管！」

「你確定不用我管?!」張藍挑高了音量，氣勢也一下上去了，他盯著李秩的眼睛，眼神炯炯如火，「你一個人真的能幫到他嗎？」

「……」李秩稍微冷靜了下來。對，林森把徐遙捉走了，他毫無頭緒，不借助警局的力量，他就只能大海撈針，不知道什麼時候才能找到徐遙，「我要見局長。」

「什麼？」

「我有新線索要上報，」李秩回望張藍，咬著牙一字一句道，「二十年前的徐峰案。」

向千山聽李秩彙報的時候，臉上也是他一貫被形容為石佛的表情，只有緩慢而輕微的敲椅子把手的動作，顯示出他不僅仔細地聽著，而且腦子裡也飛快地計算著各種輕重緩急。

李秩顯然沒有他的老棋友——他的父親李泓那麼有耐性，在彙報完畢後，就迫不及待請求回答，「局長，我知道的都已經告訴你了，這些都是徐遙二十年來搜集的細節，現在就只差最後一點實際證據，你批准案件重啟，把林森的DNA拿去做比對，這一切就會真相大白！」

「……徐遙不是失蹤了嗎？你們先把他找回來吧。」向千山從一開始就覺得林森對徐峰案有著不同一般的執念，他本以為他是想捉住案中他們刑訊未成年人的違規行為作為把柄，推動他想建立的特殊組織，但他從沒想過林森自己會是嫌疑人，「林森的事情我要先考慮一下……」

「局長，再考慮下去的話，他就跑了！」李秩焦急道，「而且以他的狡猾和人脈，搞不好已經想好了應對方式，我們只能以快取勝，不能給他反應的時間！」

「如果捉走徐遙的人真的是他，那代表他已經沒有後路了。」向千山卻道，「你們到底做了什麼，才會逼他親自動手？」

李秩一愣，「我是拜託了姚醫生私下檢驗林森的頭髮DNA，但是他沒有這麼做，就算林森在化驗所有內應，也不會知道我做了這件事……」

「他們沒做什麼，是我。」

所有人都轉過頭去看門口的方向，只見向千惠站在門口，滿臉哀傷。

「千惠？」向千山詫異極了，這才露出了一個皺眉的表情，「妳怎麼還跟他糾纏不清！」

「我已經很久沒有和他聯繫了，但那天我在泓哥的靈堂遇到他，發現他的情緒很不穩定。」向千惠走進來，她手裡也拿著一份DNA的化驗報告，「我知道他一直在推動心理研究小組的成立，一定會承受比較大的壓力。但我發現他的情緒真的不對，就到他家去和他談了一會。」

「向委員，妳覺得林森有什麼問題嗎？」李秩問道，「他都說了些什麼？」

「他變得很偏執……雖然他以前也是倔脾氣，但不至於這樣，後來他又談到了孫皓，談到了徐遙，還有這半年多來的重大案件，而且他又談起了徐峰教授。我覺得他的精神狀態很不穩定，好像是在害怕什麼，這讓我想起了很久以前的事情，」向千惠停頓了一下，她把那份檢驗報告遞給向千山，李秩也湊過頭去看，只見測試吻合結果是「99.99%」，也就是對比一致。

「以前他也有過這樣的情況，就在案件剛發生不久時，他也整天念著自己要繼承老師的事業，要完成他的遺願，直到邵琦帶著徐遙出國了，他才慢慢好了。但現在他又這樣了，所以我……」

「所以妳懷疑他的情緒波動不是因為什麼繼承老師的遺志，而是因為他與案件有關，擔心自己被查出來？」李秩道，「因為徐遙幫助我們破案，讓他擔心他是想要借此重新調查父親的死因，所以他的情緒越來越不穩定。妳讓人檢驗他的DNA，更刺激了他，讓他以為徐遙已經找到了證據，所以對他下手了！」

「我真的沒想到他會那麼快對徐遙下手！」向千惠的兩肩抖動，竭力忍住悲痛的情緒，「我一直以為他對於徐峰的心病只是惡夢，源自他的自卑，源自再也沒有辦法證明自己能夠超越他的憤恨。我從來沒想過他竟然會因此殺死徐峰，還嫁禍給他的兒子……」

「立刻通知下去，全城通緝林森！」向千山仔細看過了對比報告，終於同意了李秩的想法，「上級方面我去應付，張藍，李秩，具體指揮調度由你們全權負責！」

「是！」張藍和李秩響亮地應了一聲，便飛快地往外跑。

向千惠拉住向千山道：「哥，如果捉到阿森，你會怎麼處理？」

「我還能怎麼處理？交給上級決定。千惠，大哥勸妳一句，妳也該避嫌，盡量不要攪和進這件事。」向千山把那份報告藏好，「我就當這是匿名情報。」

「阿森他現在的精神狀態很不穩定，我懷疑他已經出現了幻覺，他前幾天還跟我爭執，說我把他當成徐老師的替身……這是我們很久很久之前談戀愛時的老話了，」向千惠憂心道，「我怕他已經分不清現實和幻想，把現在的徐遙當成了徐峰……」

向千山的眉頭一擰，打斷她的話，「我會提醒張藍他們，但是妳最好還是不要出面，不要告訴別人當年你們交往時的這些舊事，更別把林森那些爭風吃醋的猜測說出來，這只會讓妳淪為笑柄。妳現在是紀檢委的副手，自己鬧出操行問題，那成何體統？」

向千惠被向千山沉重的話語訓得低下了頭，不管官階如何，他在她面前就是永遠正確的大哥，就是模範榜樣的大哥，這影響也許會貫徹她的一生。

她垂下眼簾，點頭答應道：「我知道了。」

「回妳的辦公室去，今天這件事和妳無關。」

向氏兄妹的紛爭沒有傳到李秩耳中——即使傳了他也沒有心思理會，現在他的整副心思都在尋找徐遙上，完全無暇顧及其他的事情。他飛快驅車來到徐遙家裡，便看見焦急地等待他的黃嘉麗。

「李警官，徐老師該不會捲入了什麼危險的案件吧？」黃嘉麗一看見李秩便連忙拉他進屋，「我沒有碰現場的東西，只是撿起了徐老師的手機！」

「我看一下。」徐遙沒有設置指紋鎖——他偏執地認為一切物理基礎的防盜手段都是白搭，「要是歹徒把你的手指切掉，眼睛挖掉呢？」——只有他真心託付的家人，比如李秩和黃嘉麗，才知道他手機的密碼，李秩快速鍵入密碼，調出通話記錄，便看見了林森的通話記錄，「果然是他……」

「誰？」黃嘉麗一臉茫然，但李秩沒空解釋，他用另一隻手打電話給張藍，「張隊長，徐遙在失蹤前和林森通過電話，時間是早上九點半。你調一下九點半以後秀麗花園周邊的交通監控，社區監控我現在去取，你把林森的車牌號碼傳給我……好，保持聯繫！」

「林森？林森不是徐老師的老師嗎？他怎麼會？」黃嘉麗聽得一頭霧水。

「黃小姐，謝謝妳，但是現在我沒有時間跟妳詳細解釋。」李秩按著黃嘉麗的肩膀，語氣堅定地承諾，「我向妳保證，我一定會把徐遙毫髮無損地帶回來的。請妳相信我，好嗎？」

「……嗯，我等你好消息。」

黃嘉麗還不知道徐遙和李秩的關係，但是此刻她已經感覺到了，無論他們是什麼關係，李秩都願意為他赴湯蹈火。

「隊長，我們定位到了林森的手機訊號。」

在檢查交通幹道的監控錄影時，技術組的戴聰發現了線索，「但是訊號時弱時強，顯示他正沿著悅鳳高速公路往鳳城的方向逃離，這會不會是什麼陷阱？」

「悅鳳高速公路？」

張藍靠到螢幕前，戴聰把訊號的路線用紅線標識出來，「早上十點三十分，在這裡的基地臺截獲過他的訊號，是一個天氣預報資訊。然後四十五分在這裡，十一點在這裡，基本上他每隔十五分鐘便會重整一次天氣預報，所以可以判斷他的移動方向。他經過悅城收費站，上了悅鳳高速公路，然後一路往鳳城走，再過不了十分鐘就到鳳城的收費站了，我們要不要通知鳳城警方幫忙？」

「嗯，我去申請……不過，等一下，」張藍指著螢幕上一個較為密集的紅點，「這是代表他在這裡重整了很多次資料，是嗎？」

「對，他在這裡重整了三次，」戴聰不解，「怎麼了？」

「那他在這裡逗留了多久？」

「十分鐘左右。」戴聰指著紅線，「第三次時訊號已經往這邊移動了。」

「這裡是什麼地方？」張藍示意戴聰放大地圖，赫然看見了悅麗區小鳳山景區的字樣，「不對！他在這裡就停下來了，他肯定只是把設定了自動重整的手機放到另一輛車裡，誤導我們去追！」

「可是，他去悅麗區做什麼？」戴聰還是不明白，「那裡什麼都沒有啊！」

「那裡可有著太多他的東西了……」張藍搖頭，連忙打給李秩，「李秩，去悅麗區，林森把徐遙帶到那裡去了！我也會帶人過去！」

「馬上！」李秩的車開到半路，急忙拐了個彎往悅麗區駛去，「但是遠水救不了近火，隊長，我們先通知悅麗區的同仁，讓他們現在就開始搜查……」

「隊長！有新線索！」電話那頭傳來魏曉萌從遠而近的聲音，顯然是小跑著過來的，她急急忙忙地說，「局長剛剛傳來的資料，是林森最近在悅城二院開的藥，都是一些精神科的藥物。他說是研究需要，但警察大學那邊說他最近請了一個月的年假，手上沒有任何研究專案！」

李秩提高嗓門道：「曉萌，他開的是什麼藥，藥效是什麼？」

「咦，副隊長？」張藍開了擴音，魏曉萌便照著資料念道，「氯普麻口秦，三氟陪拉辛，還有一些鎮定劑……藥效，我查查……」

戴聰飛快地搜索到了這幾種藥的作用，「都是一些治療思覺失調和抗幻覺的藥物！」

「……我知道他為什麼要查天氣預告了！」李秩倒抽一口涼氣，「他、他以為現在是二十年前，他要上山去殺徐峰！那天也是下著陰雨，他怕天氣會影響他上山！」

「那他就是要再現一次當年的情境?!」

張藍大驚，立刻聯繫了悅麗區警察局。新隊長方偉明甫上任便接了這麼大的一個案子，嚴陣以待，沒多久便聚集了全部警力，加上自願參加搜山行動的志願者，包圍了小鳳山進行地毯式搜索。

第一個搜的當然是山上那座空置已久的民宿，當年的命案現場。但林森好像也沒完全瘋狂，並沒有自投羅網。方偉明便安排人員逐寸地搜查山林，包括山下的村莊，也通知了全部的村民若發現陌生人就立刻報警。

但即使如此慎密地排查，直到一個多小時後，李秩趕到悅麗區時，仍是一無所獲。

李秩想起營救霍老七時的情境，「我記得這裡經過了多次規畫改造，有沒有歷年來的規畫地圖，也許這裡有什麼隱蔽的地窖是我們不知道的？」

「就算有，應該也是收藏在悅城圖書館的史料庫。」方偉明為難了，「孟棋山他們被逮捕後，我們都是新到任的，對這裡的環境還不是很熟……」

「副隊長！副隊長！」李秩這個外地人正發愁，便聽見了遊謙的叫喊聲，他著急地爬上了半山腰，手裡還拄著一根布條包裹著的登山杖，整個人氣喘吁吁，「副隊長！我知道！我知道該去哪裡找！」

「遊叔？」李秩連忙迎上去，「你怎麼上來了？」

「副隊長，你忘啦？我可是當年的巡守大隊長！我在這、土生土長五十年了，還有人比我熟悉這座山頭嗎？」遊謙順了順氣，站直身體，環視了四周，「我看這裡都不會找到人的，到背陰坡去。」

「遊叔，你有把握嗎？」李秩倒不是不信任他，相反，他是非常相信他對此地的熟悉，想最大程度地利用他的特長。

看見遊謙點頭，李秩便轉頭向方偉明道：「我帶上一隊人跟遊叔到背陰坡去，其他人繼續按原規畫搜索，這裡交給你了。」

「是！」

李秩看了看時間，已經快三點了，再過兩個小時就天黑了。

徐遙，你一定要撐住！

悅麗區雖然已經作為休閒農莊的旅遊景點開發了十年，但主要的設施都在半山腰以上，靠近梅花林的地方。進了小鳳山，高高低低的山路和灰綠墨黑的森林，依舊保持著幾十年來的原貌。向陽坡處仍然可見影影綽綽的日光，而背陰的山坡已經一片冷光微藍，彷佛和對面相差了兩三個小時的溫度，看起來確實適合蓋地窖。在物資匱乏的年代，幾乎家家戶戶都要有一個這樣的地窖，才能度過寒冬臘月。

「那些地窖大多數都在後來的建設發展中拆除填平，但總會有些漏網之魚，在七八零年代，這些地方就成了流氓地痞的地盤。」遊謙一邊帶路，一邊指向幾個被釘子封死，卻沒有填平的地窖入口，解釋這些地方的由來，「躲在裡面幹什麼勾當都沒人知道，有人巡山了就把入口一關，葉子一蓋，眼睛不是特別尖的根本不知道那裡有個地窖。後來我們訓練了狗，才一個個把這些人捉了起來，但是拆除就太花功夫了，都是封起來了事。再後來這裡發展了起來，越來越難混水摸魚，那些人也就挪窩了。

你們仔細看，比較高隆的地勢適合建地窖。如果看見地窖門先不要進去，常年不通風的廢棄地窖裡面空氣很糟糕，先叫人，備好繩索照明再下去」

「遊叔，為什麼你認為林森會把徐遙捉到地窖去呢？」李秩問，「這種地方只有老村民知道吧？」

「你忘記金家的那孩子了嗎？那時候那個林森就來過很多次，有時候還帶著一些人到處走，說什麼生長環境也影響治療的。」遊謙頓了頓，看著李秩，有些小心翼翼地說道，「其實徐老師他爸爸那個案子啊，在我們這裡也很有名的，畢竟死得那麼慘……」

「你知道徐遙的身世？」李秩吃了一驚。

「別人可能不知道，但我二十年前還是巡守隊隊長啊，那時候還是我帶縣城警察局的人進山的……哎，那是廢井！小心！」遊謙忽然朝一個方向大喊，一個搜索隊員差點掉了下去，幸好有同伴拉著。

他見人安全了，才又回過頭來繼續跟李秩說話，「當時不是沒找到凶器，也沒找到人影嗎？我就跟警察提出過可能人還沒下山，就藏在山裡的那些地窖裡，警察也去搜過了，卻沒發現。所以現在一聽你們說徐老師被綁架到了這裡，我就肯定，當年他們一定是漏了什麼地方，那個地方才是最關鍵的……」

「副隊長！這邊有暗門！」

一個搜索隊員的叫喊打斷了他們的對話，兩人快步跑過去，卻見一塊大石頭躺在地上，整塊石頭都沾滿了污泥，顯然是從什麼地方滾下來的，石頭滾落的痕跡盡頭是一個小土坡，土坡後隱藏著一道生銹的鐵門，鐵門的鎖已經壞了，門上一個圓形的痕跡。那塊大石頭應該是本來壓在這裡的，卻不知怎麼地被人推開了。

李秩摸了摸石頭上的泥土，「泥還沒乾透，大家小心。」

搜索隊員拉開貼服在地上的門，遊謙趴在門口，摸出一個打火機，點著往裡伸，火苗搖動了一下，焰色無異樣，「空氣還可以，大家打好照明，下去吧。」

「我下去，你們在上面接應。」跟過來的都是志願者，李秩不想讓他們冒險，「要是聽到什麼異響，不要逞強，該跑就跑。」

「說什麼呢，除非他有槍，不然我們這麼多人怎麼會打不過他！」遊謙拍拍李秩，「副隊長，這裡不比城裡，人跑不遠的，我跟你一起下去吧。」

「……好。」李秩急著下去，也不再和遊謙爭持，兩人在腰上綁好登山繩，便打著手電筒跳進地窖去。

地窖裡只有一米七左右的高度，是村民的普遍身高，李秩不得不彎著腰前行，遊謙不到一米七，而且年紀大了，有些佝僂，所以行走無礙，即使拄著枴杖也比李秩走得快。他熟悉地窖的布置，繞過了一道斷了的木樓梯，便看見一個簡陋的酒庫，地上滿是破碎的瓦片和木塊，手電筒的燈光劃過，卻見一個灰黑色的人影倒在地上！

「徐遙！」

李秩衝上前去，把地上的人扶了起來，那人露出一張灰撲撲的臉，雙目緊閉，真的是徐遙。李秩叫喊搖晃都弄不醒他，不再浪費時間，把他背起就往外走。

地窖本就低矮，再背上一個人，李秩彎著腿腳，十分吃力，好不容易把徐遙背到門口，上面的志願者接住了他，他才爬了上去，抱著徐遙查看他有沒有受傷。

「徐老師，徐老師！」

遊謙也跟著上來了，他按照老方法，用力掐著徐遙的人中。沒多久，徐遙慢慢轉醒，他皺著眉緩緩睜開眼，好一會才從迷濛的視野裡認出了人，「李……秩……」

「是我，沒事了，你不要害怕。」李秩鬆了口氣，「你能走路嗎？我讓人拿擔架上來……」

「不，有事！還有事！」徐遙眨了眨眼，神智完全恢復了過來，他坐直身體，捉住李秩的肩膀急忙道：「林森，林森好像瘋了！」

「嗯，我們也發現了，他一直在服藥……」

「不是！我的意思是，他好像精神崩潰了！真的瘋了！」徐遙打斷他的話他，他竭力回憶著，「他、他今天早上來找我，情緒很激動，說什麼都是為了我才落得這樣的地步，說要結束這一切……可是他把我抓到民宿以後，忽然又哭了，說對不起我，說他終於醒悟了，要為我父親報仇什麼的……」

「等等，你說他把你抓到了民宿？」李秩詫異，「你看這裡？」

「嗯？」徐遙這才抬起眼來看向四周，「我怎麼在這裡……這是哪裡？」

「這是民宿更後方的一處地窖。」遊謙也皺眉了，「你是說，林森在民宿裡把你弄暈了，但是沒殺你，把你丟到這裡就走了？」

徐遙點了點頭，卻又馬上搖頭，「不是，他，他好像是要殺我的……他，他好像出現了錯亂，他對我說的話很奇怪……對了，他把我當作了我爸，他叫我老師，他說他既羨慕又嫉妒我爸，我爸得到了一切他想要的東西，他還點了松香，我覺得他是在重複當年的罪行，可是，可是他中途又變了……」

「變了？」

「我不知道怎麼說他當時的狀況，非要形容的話，就像是一個人從惡夢裡驚醒過來，既汗流浹背，心有餘悸，但也因為認清現實，所以無所畏懼。」徐遙揉著眉心，猛地瞪大眼睛道：「對了！他不是主謀！或者說，他還有一個共犯！他說了一句話，我記得很清楚，他說到頭來都是為他人作嫁衣！」

「徐遙，你冷靜一下，你現在很混亂，先冷靜下來再慢慢思考，不要把自己逼太緊。」李秩握住他的手安撫著，一邊讓趕過來的救援人員把他扶上擔架，「我陪著你，不用擔心。」

「我沒有產生幻覺，他真的這麼說！」徐遙卻固執地一直勸說，「他真的要去找人報仇，我不知道那是誰，但是你們一定要去找他！不要再讓他傷害別人！」

「徐遙，就算他去傷害什麼人，那也是當年涉足殺害你父親的人。」李秩跟在徐遙身邊，一邊護送他下山一邊安慰道，「你聽話，先去醫院，我保證大家都會一直追緝他的……」

李秩安慰徐遙的話語逐漸消隱在山林之間，找到了徐遙，大家都鬆了口氣，相互說著打氣的話下山了——儘管作為一個警察來說，李秩說的話有些不夠中立，但是看兩個惡人自相殘殺，也真的比單純把他們投入監獄要解恨。

「遊叔，你還好嗎？」一個志願者發現遊謙慢吞吞地跟在隊尾，隔著十多米的距離，快要掉隊了，「你受傷了嗎？」

「哦，沒有，就是有點累了，你們先走吧，不要緊，我慢慢跟上來就好。」遊謙若有所思，但他沒有說出自己的憂慮，反而讓別人先走，自己看準了空隙，轉身抄進了一條罕有人跡，幾乎被密林完全遮蔽的小路，飛快地往山下趕去。

林森說了「為他人作嫁衣」，那代表他真的已經全都想起來了。

「妳好，我是遊謙，請問普通病房 465 床的遊筱在嗎？」

「遊筱嗎？有人來看他，把他接到中庭散步了。」

遊謙大駭，「什麼人來看他?!」

「一個衣著很講究的、像學者一樣的人……喂，喂，遊叔？」

遊謙沒等護士回答完就掛了電話，他靠在一棵大樹上，閉著眼睛深呼吸了幾口氣。再睜開眼時，他的神情已經不是一個退休的熱心老伯了。

他是這片山林的霸主，是這個區域的主宰，不管是過去還是現在，這片領地都是他的。不能有人造次，更不能有人把腦筋動到他唯一的兒子身上。

他把包裹著枴杖的布條解開，那是一柄仍然光亮可鑑的獵槍。

向千惠握著方向盤，此時她開著一輛沒有登記在她名下的半舊黑灰色小車，往悅麗區駛去——但她走的卻不是平穩開闊的悅鳳高速公路，而是從幾條周邊鄉鎮的公路繞行，躲過了大部分的監視器，七彎八繞地來到了小鳳山的北麓山腳。

這曾經是她閉著眼睛都能走的一條路，但她近年已經很少到這裡了。謹慎起見，她還是小心翼翼地觀察每個路口，避免自己的臉被拍到。

她已經習慣了處於黑暗之中，躲在重重簾幕後窺視一切。一開始她還對此頗有怨言，覺得自己被埋沒了，功勞被忽略了，但後來她終於明白了，這種隱藏是必須的盔甲，是他們每次都能順利脫身的法寶。

這些智慧總是要上了年紀才能明白，向千惠想，現在她就不得不去補救一個自己年少魯莽時犯下的錯誤，一個靠得太近了的錯誤。

從北麓的一條小徑往上走，穿過一片低矮的灌木叢——以前這裡有兩三棵松樹，但在那件事以後就砍掉了。大半夜裡找人砍的，一片森林裡少幾棵樹，根本沒人會發現——再往前十數步，推開一個廢棄的水車，便看見了一道暗門。

推開暗門，裡頭是一間防水做得很好的地下室。不是地窖，而是整整齊齊乾乾淨淨的現代地下室，還通著電。天花板上的日光燈投下灰白色的光，映照得燈下那兩個人的臉色非常難看。

只不過一個人是因為身體衰弱，而另一個人就難以簡單地找到一個理由了。

「妳來了。」林森站在一張輪椅旁邊，輪椅上垂著腦袋的遊筱似乎已經失去了意識，但他毫不關心，全部的注意力都放在了逐漸走近的向千惠身上。

「我來了，我是來幫你的。」向千惠停在了林森前方不到五步的位置，她從容鎮定，只是以眼角餘光瞄了一眼遊筱，便看著林森的眼睛繼續說道，「我知道你一直一個人撐得很辛苦，我作為你的朋友卻沒有發現，是我不對……」

「向千惠，二十年了，妳還是把我當成那個傻乎乎的黃毛小子嗎？」林森本來還帶著一絲溫情的眼神瞬間冰冷了，「我都記起來了，那天晚上、還有這二十年來，妳做的事情我都想起來了！」

「阿森，你聽我說，你只是生病了，徐老師對你的影響太大了，你沒有辦法克服，這不是你的錯，」向千惠的語氣很是真誠，「只要你放下過去，我們都很願意幫你。」

「幫我？怎麼幫我？繼續用包裹在甜言蜜語中的毒藥把我麻醉，讓我慢慢在血色的松脂裡窒息凝固，最後變成一塊隨妳編造故事、解釋來由的琥珀嗎?!」林森猛地上前，捉住向千惠的肩膀，「我全都記起來了！妳殺了徐老師！妳催眠了那群小孩，還有我！妳嫁給我只是為了能加強後續的催眠鞏固，等我完全把妳的暗示當作真相後，妳就把我一腳踢開！」

「為了守護自己而編造一個故事，是大腦對我們的一種保護，但也是對我們道德的破壞。阿森，你自己是學心理的，你應該比任何人都清楚。」向千惠毫不退縮，她抬起一隻手，搭在林森的手背上，「不要自欺欺人了，那裡只有你。」

「哦，如果那裡只有我，那妳為什麼要來？」林森反手捉住向千惠，把她拖到了輪椅跟前，「這個人如果和妳毫無關係，妳為什麼要來？」

向千惠被他拖得幾乎跌倒，她扶著輪椅的把手站穩，這動靜讓遊筱發出一聲難受的呻吟，但他只是皺了皺眉，沒有醒來。

「你綁架了一個無辜的警員，換作任何一個人都會來……」

「哦，我只是說了他在我手上，妳就知道他是誰，還知道他是警員了？」林森忽然扯了扯嘴角，像一個抽離了自我，只是在木然地說著對白的木偶，「我其實從來都不介意妳生過孩子，我反而更加珍惜妳，覺得妳受過很大的傷害。我跟自己說一定要對妳加倍的好，彌補妳在上一段感情裡受到的創傷……現在我才知道自己多可笑！」

向千惠的臉色一沉，「你在說什麼？你調查我？」

「我沒調查妳，是向千山跟我說的。他想讓我離開妳，他說我根本不了解妳。我以為他是大男人主義，但是我現在明白他的話了，」林森慘然一笑，「但我想不通，為什麼是這麼一個人？如果是徐峰，我認了，我確實什麼都比不上他，我認了；但是，怎麼會是他，妳告訴我，為什麼是他?!」

「……我沒有必要跟你解釋。」向千惠深呼吸一口氣，她曾經遇過一個錯誤的男人，做了一個錯誤的決定，但現在她已經不會再犯一樣的錯了，「如果你堅決認為那天殺死徐峰的人是我，那你就跟我回去，好好地跟警察說出你知道的一切，而不是這樣把一個和這件事完全無關的人捉來當人質。你看看他，他的傷勢有多重，他是為了救徐遙才變成這樣的。要是害了他，你的良心過得去嗎？」

林森聽到徐遙的名字時，好像有了一些動搖，「徐遙……對，我誤解了他那麼多年，我對不起他……我要跟他說清楚……」

「是啊，我們要給他一個明白，他因為徐峰的死飽受內心折磨那麼多年，你難道不該親自跟他說清楚事情的來龍去脈嗎？」向千惠試探著伸出手去，輕輕拍了拍林森的背脊，「我們現在就去看他，好不好？」

林森不自覺地放鬆了警惕，這熟悉的觸感和體香仍然讓他牽掛，成了他混亂思緒中無法反抗的一個牽引。他垂下了頭，嘴裡念念有詞地重複著要找徐遙之類的話，向千惠輕拍著他的肩膀，領著他往外走。

走出暗門時，山間裡已經完全看不見日光，反而比地下室裡更晦暗不明。向千惠一邊提醒他小心腳下，一邊伸手去扶他的腰。

「……不對，還差一個人，還有一個人！」林森卻猛地捉住了向千惠抓向他腰間的手——卻是捉到了一個冷冰冰的手銬！他一把推開她，怒吼道：「妳又騙我！」

「阿森，你聽我說……」

「我要殺了妳！」

林森怒火燒心，扼著向千惠的喉嚨就要同歸於盡。向千惠想去拿後腰上的電擊槍，卻被他識破，搶下槍扔到了遠處。

兩人扭打在一起，滾到了地上，此時「砰」地一聲槍響，在日暮時分的幽靜山林裡顯得特別驚人。

林森應聲倒地，背上炸開了一個彈口。向千惠愣了一下，連爬帶滾地朝那個開槍的人撲了過去，「你瘋了！在這裡開槍！把人引來了怎麼辦！」

「我確認過了，他們都下山了，這裡是背風坡，聲音傳不了那麼遠。」那個開槍的人卻是遊謙，他把冒煙的槍口放下，完全不在意向千惠的擔憂，「遊筱呢？」

「在裡面……」向千惠的話還沒說完，遊謙就快步跑到地下室去，她不得不跟上，「他沒事的，先把林森處理了！全城都在通緝他，他們在外面捉不到他，就會回頭來重新搜山了！」

「妳就只想著自己！他是妳兒子！」遊謙蹲下來檢查遊筱的情況，確認他沒有生命危險，才對向千惠罵道，「別以為妳能甩了我們父子倆！」

「你以為我哭天搶地就能從林森那裡救下人來嗎！」向千惠知道每次挑起這個話題，遊謙都不肯輕易放過，情勢所逼，她不得不服軟，「我要是表現出很在乎遊筱的話，他就捉住我的把柄了，那只會讓我們兩個都倒楣，你看我不是把他哄得好好的嗎？他都跟我出去了……」

「對，妳哄男人可真有一套，還好我沒有你們這些知識分子的彎彎道道，我只知道對我好的就是朋友，利用我的就是敵人。」遊謙冷笑一聲，「妳宰徐峰的那把手鋸還在我手上，別以為妳能逃得了。」

「遊謙，你要記住，我們之間不是簡單的男女關係。」向千惠上前一步，她緊緊盯著遊謙的眼睛，「我是不可能逃的，倒是你，說那麼廢話，可別告訴我你是不敢跟上，還得我一個女人來勸。」

遊謙像是被扇了一個耳光，他太久沒看見這種宛如猛虎般的狩獵眼光了——其實他心中知道，自己就是被這樣一個如猛虎般的女人懾服，才成了她手中的另一具傀儡。

只是他不甘心自己只有這般地位，才會用這樣不屑的語氣去掩飾，也用這樣的傲慢去激怒她，試圖喚回女皇對已經臣服的、失去挑戰性的獵物的一個回顧——而他做到了。

「先把遊筱送出去，」遊謙的語氣溫和了下來，「他的傷還沒好，這裡的空氣不好，不能待太久。」

向千惠點頭，伸手撥了撥遊謙的鬢髮，摸了摸他的耳朵，這個動作徹底把遊謙馴服了，他心滿意足地從鼻子裡呼了一口氣，便去推輪椅。

可是他剛剛搭上輪椅的把手，便被捉住了手腕。遊謙驚訝地抬起頭，便撞到了遊筱血紅的眼睛裡。

「不……」遊筱的聲音不大，甚至有些吃力，但他還是咬著牙，一個字一個字地清晰說道，「你們，不能走。」

向千惠大驚，她下意識地退後，卻聽見背後密集的，窸窸窣窣的腳步聲。她猛地回頭，只見張藍帶著一隊人，全副武裝魚貫而入，轉眼便繞著整間地下室，把他們團團包圍了！

「張藍？」向千惠迅速收斂心神，語氣急切地吩咐，「你們怎麼現在才來！快！林森就在外面，遊謙為了救人開槍打了他，你們快看看他！」

「向委員，別裝了，我們都聽到了。」張藍說著，遊筱便掀開了蓋在膝蓋上的毛毯。

只見他兩腿間小心地夾著一臺錄音機，雖然有些不雅，但向千惠知道，剛剛他們的對話已經全都被監控聽到了。

「向老師。」

一聲叫喚從門外傳來，這稱呼向千惠已經幾十年沒有聽過了。她僵硬地轉過頭，卻見徐遙在李秩的攙扶下，一步步地向她走近。

「向老師，我終於記得，缺的人是誰了。」

向千惠彷彿聽見腦子裡響起喀嚓的一下碎裂聲，像是她把玻璃煙灰缸砸到徐峰頭上時聽到的一樣。

等她回過神來，她才發現自己尖叫了起來。

她也搞不清楚自己是在尖叫什麼。

尾聲

THE LAST CRY FOR HELP

這一年的新年是悅城最忙碌混亂的一年。正月十五日，全城新聞通報，一九九七年徐峰教授被害一案告破，原悅城紀檢察總長之副手向某，原悅城悅麗區巡守隊長遊某均已認罪。同時，以悅麗區為主要據點，牽涉臨近鳳城等四個主要城市的軍火走私集團告破，後續仍在調查，具體情況留待法院審判。

輝南社區，俗稱的警察大院，這裡的居民大多是八九〇年代的警察。這些人的子女自幼耳濡目染，抱著維持法紀的理想長大。

李秩，張藍，張紅，都是這樣長大的孩子。

而更早一些，向千山和向千惠，也是來自這樣的警察家庭。

輝南茶藝館，彷佛入定了的向千山面前放著一局殘棋，好像在等著誰來走下一步，打破這個僵局。

「鐵觀音，謝謝。」一個人在他對面落座，在服務生詢問之前就說了一個茶名，把對方打發走了。

「我其實不懂茶，但森哥說鐵觀音是綠茶，有茶多酚，對我們這種人比較好。」

「林森最近怎麼樣了。」向千山從棋盤中抬起眼來，被稱呼為石佛的淡定已經不再是因為胸有成竹，而是無能為力了。

「療養院設備齊全，他挺好的，倒是他的主治醫師壓力比較大，畢竟那是曾經參與他畢業論文審核的人。」徐遙無奈地聳聳肩，「是李秩叫我來的，也是他約你來的吧？」

向千山點頭，「我本來可以看卷宗的，但是我不想從文字上得知真相。」

「……真相是被一道輪胎印連通起來的。」徐遙看了看棋盤，他對象棋還有些研究，但圍棋可就一竅不通了。他隨手拿起一枚黑子，也不管章法對不對，往棋盤中心放下了下去，「當年李泓認為我是凶手，是因為路上只有一種輪胎印，而那輛車就在半山腰上，所以他認為凶手就在那些還在山上的人之中，而之中就只有我嫌疑最大……

「但是，如果這輛車曾經出入過山林好幾次呢？如果所有的人員移動都是通過同一輛車達成的，那也就是說，送我們這群學生上山的車，在把我們送上去以後又回到了山下，然後這輛車被林森開著上了山。林森在目睹我父親被殺的驚慌中開著它又下山了。最後，又有人把車子開回去了，然後徒步下山，造成了只有一輛車出入的痕跡……

「但是如果那個人徒步下山了，那應該會有那人下山的腳印，可是又沒有發現這樣的可疑腳印。所以，要嘛是那個人沒有下山，要嘛是那個人下山了，但是他下山的腳印不會被人懷疑。」徐遙又放了一枚黑子下去，「只有一個人可以做到，那就是第一發現者。他必須要下山報警，所以發現他的腳印一點也不可疑，而且連他的上山理由也十分充分，因為那個人就是遊謙，是需要巡山的巡守隊長。

「但是，如果說林森開車上山的時候就把遊謙載上來了，那也說不通。他們根本不認識，林森不會讓一個陌生的健碩大漢在夜裡坐他的車上山。那個跟著他上山的人，必須是一個他認為毫無威脅的人，比如他的同學，他的朋友。」

「千惠不是林森的同學……」

「對，這也是我很久以後才明白過來的盲點。」徐遙把第三顆黑子放下，這次他把黑子放在已經被白子占了的地方，不管規則如何，直接把白子拿走了，「那時候我們是五個國中生啊，我們怎麼能開車到悅麗區那麼遠的地方呢？我問過提供場地的袁清，他也說不清楚我們是怎麼去的。到這裡，我才明白了過來，我們都忘了一個特別重要的人，那個一開始把我們載過去的司機。」

「不只是我，還有我的同學，馬天行，林森，袁清，大家都不記得到底是誰把我們載過去的。這種集體的失憶症狀，卻不是因為巨大的群體災難，是很不尋常的。所以我只能推測，這是有人刻意為之。」徐遙繼續把白子一顆顆地撿到掌心，「我翻查了我國中的教職員名錄、校友記錄本，甚至相關的報紙評論，最後才在一個二十年前舉辦的校際詩歌朗誦比賽新聞裡找到一個獲獎名單。在非常不顯眼的優秀獎裡，有一個叫向千惠的名字，代表的學校就是我的國中……」

「於是我去查了她念的科系。她是師範大學專業，雖然後來考了公務員，但在畢業前，她在我的學校裡當過一個月的實習老師。在那一個月裡，她是我班上的輔導老師……」

「後來，森哥答應讓我幫他進行催眠治療，他記起了當日的情況。他記得在我們提出要去民宿合宿時，向千惠就很熱心地要當我們的評審，我們都覺得她是一個親切的大姐姐，馬上就答應了。但是事發當天早上，他聽到了袁沐和袁清的爭吵，袁沐惱怒我父親向郭曉敏揭發了他的把戲，想要對我下手。袁清跟他大吵一架，結果袁沐沒有去成，但是我父親已經跑上山去找我了。森哥擔心袁沐在山上有所謂的黑道兄弟，不放心，就跟著一起去了。

「他在山腳遇到了向千惠，向千惠便跟著他一起上山，沒想到卻看見了遊謙和我爸爭執。我爸撞見了他們在這裡進行非法交易，本來兩人還算沉著，但遊謙看見向千惠對徐峰的曖昧態度後，忽然發飆要殺人滅口。從他們的爭吵中，森哥發現向千惠居然和這個黑道頭子勾結已久，他大驚不已，想要逃跑，卻被遊謙打暈了。

「其實到底是遊謙還是向千惠殺了我爸，他也不知道。」徐遙抬起頭來，「所以我和他一起設了這個局，利用遊謙對向千惠的感情，還有遊筱的身分，讓他們再次爭吵同樣的事情，才能捉住他們的把柄。」

「……你就林森一個人的記憶，毫無證據地就鎖定了她？」向千山皺眉，「你把李秩的前途都堵上了，不覺得風險太大了嗎？」

「如果只是靠我一個人查到的東西，那確實是比較冒險的。但我不是一個人。」徐遙坐直了身體，他手上抓了一把的白子，舉起手，一顆一顆地把它們擠下來，「我媽媽發現了一個她沒有證據證明、也沒有能力抗衡的力量，她帶我走，保護了我；一個叫林國勇的調查記者，迫於生活壓力不能繼續調查，但是他一直把那個大人物記在心裡，直到油盡燈枯，也不能忘記這個記者生涯的恥辱；李泓，你的摯友，花了一輩子盯著我，認定我是凶手，卻能夠在窺見真相後拋棄成見，即使被人認為是個犯了多年錯誤的糊塗警官也不在乎，還因此付出了生命的代價。是他們點燃了一盞盞微弱的螢火，讓我知道自己不是一個人孤獨地尋找真相。讓我知道就算他們不在了，也不會停止凝視黑暗，他們就睜著那一雙雙死不瞑目的眼睛，直到凶手落網，才能安息！」

啪嗒一聲炸響，積壓多年的憤懣都發洩在了那一把棋子上，徐遙一掌拍向棋盤，激起了滿盤狼藉。

「向局長，我其實很想問一句，號稱石佛的你，是不是真的像一尊佛像那麼有眼無珠？你就那麼簡單地認為，你們進入警政體系都是那麼自然而然，沒有一絲你父親的影響？你就那麼順遂地升職升官，你就那麼輕易地接受了你妹妹突然外出學習一年，你就那麼輕易地接受了自己的摯友被一個小偷刺殺？你到底是真的不知道，還是你不想知道，所以你選擇轉過頭去，就一切安好，萬事如意？」

棋子滾落在地，踢踏作響。向千山穩穩地坐在椅子上，紋絲不動。

徐遙和他對視良久，終於還是只能深深地嘆了口氣，接過服務生端來的鐵觀音，放在了向千山跟前。

「綠茶有益記憶。」徐遙最後說了一句，「你要永遠記住那些眼睛。」

那一雙雙流著血淚的，無瞳之眼。

向千山的臉頰上浮起了一條青筋，也許這已經是他能表現出來的最大的悲愴了——從小他就被教導要穩重成熟，要喜怒不形於色。他是家中的希望，是父母寄予厚望的那條龍，代表著向家優秀的家風。

他也曾經羨慕過妹妹千惠，她不需要承擔他的重擔，她只要考個過得去的成績就可以了，不需要當班長，不需要當優等生。她可以談戀愛，可以叛逆，可以跟家人吵架，甚至可以離家出走。只要最後她醒悟過來，願意回頭，家裡還是為她敞開懷抱，讓她有一個光明的未來。

他曾經那麼羨慕她可以肆意妄為，但是他從來沒有想過為什麼一直貼心可人的妹妹會在考完大學後才叛逆起來，離家出走一年多，而家裡卻也毫不擔心，就這樣放任她在外胡鬧。然後她又安安靜靜地回來了，又變回像從前一樣乖巧聽話、只是更加認真上進的妹妹。

那一年裡她發生了什麼，難道他真的查不到嗎？

不是，只是他選擇了不查，不理，就可以安心地說服自己，他向家身家清白，毫無污點。

沒有一葉障目，是本該為佛的人自己撇開了頭。

徐遙走出輝南茶藝館，卻是往警察大院裡走。他看著門牌，找到了李泓的家——那也是李秩的家。

「你怎麼知道我在這裡？」門敞開著，李秩正在裡面忙著打包東西，眼角餘光看到有人，一回頭就看見了徐遙，不禁有些驚訝。他可沒告訴過他，他今天會來故居打包東西啊。

「反正都到門口了，就想來看看，沒想到你在這裡。」徐遙雖然意外，卻不太驚訝，他用手指抹過那掉灰的牆面，緩緩走到他身邊，「你要搬出去嗎？」

「嗯，這裡雖然很好，但是我想，是時候翻過這一頁了。」李秩脫下麻布手套，靠在已經變成深褐色的櫃子上，「我去見過向千惠了，她說是她雇用蘇旅去我媽媽的實驗室偷藥物的。然後林森推薦蘇旅給王志高，搞那個彩虹計畫，也是她促成的。還有洗腦整容的劉宇恒、被催眠襲警的龔全，還有方碧的勒索信等等的事情，都是她做的，和林森沒有關係，他只是她原定計畫裡的代罪羔羊。」

「嗯。」

「你好像一點也不驚訝？」李秩覺得徐遙也太淡定了，「她說是她一個人完成的，這麼複雜、時間橫跨那麼長、涉及那麼專業的心理學問題，就靠她一個人完成？」

「你還記得林國勇、那位老記者推測的『大人物』嗎？」徐遙道，「他推測有一個原來的『大人物』和後來的『大人物』，老的大人物一直控制著悅麗區的黑道生意，後來他不行了，才有了新的『大人物』。而且他認為，是那個新的大人物把我爸爸，也就是犯罪心理學這一塊牽扯進去的。」

「……你是說，向千惠她是後來的大人物，這塊黑道事業是她繼承來的？」

「她一開始應該只是在幫忙，直到她認識了遊謙，才逐漸掌握了悅麗區的真正權力。遊謙對她來說太重要了，或許是因為這樣，也或許是因為她真的愛慕過他，才會跟他生下了遊筱。」徐遙嘆了口氣，「但是她後來認識了我父親，林森又那麼努力地追求她，遊謙應該感覺到她移情別戀，但他不知道她移情的是誰。說我父親發現了他們的交易、要殺人滅口，這也是遊謙的藉口，他只想殺掉情敵。」

「但是向千惠還是沒有殺林森，她只是催眠了他還有你們這幾個小孩，結果效果並不好。你們被困在真相和虛幻之間，飽受心理折磨，馬天行是最極端的例子，他的人生就這麼毀了。」李秩恍然大悟，「因為她自己從來都沒有系統性地學習過催眠的方法，只是在林森獻殷勤的時候一知半解地知道這個方法，所以她沒能完美地催眠你們。林森也沒有按照她的設計，向警察說出你是凶手。她知道自己的催眠不成功，但你們幾個小孩的證言還不足為懼，只有林森這個本來就研究心理學的人，才是她最需要控制的。所以她利用他的感情、嫁給他，在婚後不斷地鞏固這個催眠，所以林森才會根深蒂固地認為你是凶手。」

「但森哥對我父親的感情還是占了上風，他沒有說出去，只是一直說服我，讓我接受自己雖然是凶手、但這沒有關係，大家都不會知道，我還是可以好好生活的說法。」徐遙笑了笑，還好繞了那麼大一個圈以後，他的森哥還是他的森哥，他還不至於連一個親人都沒有了，「我只是不明白一件事。袁沐到底跟這件事有沒有關係，如果沒有，那到底是誰委託蔣波一直跟蹤他？」

「我想這就是答案。」李秩展示了一張手機圖片給徐遙看，那是一份泛黃的人事檔案，卻是曾經在悅麗區的農科研究院的成員名單，裡面有一個叫「袁穆」的人，卻沒有「袁沐」！

「袁沐到山上去根本不是去參加科學研究計畫，他應該是瞞著袁伯伯，加入了遊謙他們的黑道生意。別忘了他教金翠敏的那些行銷主意，他一定是個生意奇才，後來還騙了袁伯伯把老屋改建成民宿，其實招待的根本不是政府官員，而是到那裡接頭的黑幫。他那天吵著要上山去找你晦氣，其實也不是因為追求我媽的事情被搗亂，就是怕你們會發現那是一個犯罪據點。」李秩道，「那半塊敲掉的奠基石，大概是不想讓人發現這個袁穆不是他。」

把這一切梳理完畢以後，兩人都嘆了長長的一口氣，他們都默契地沒有討論那個原來的「大人物」到底是誰。因為無論怎麼討論，他們都不會有實際的證據去指控誰了。而那個大人物，也已經不在世界上，再也不能為禍人間了。

「李秩，」長長的沉默過後，徐遙忽然問道，「你今晚要加班嗎？」

「啊？不知道啊？」李秩從進入警察局那天起就沒有了上班下班的概念，更別說加班了，「怎麼了？」

「黃嘉麗約我吃飯，順便談下一本新書的主題。」徐遙眨眨眼，「你也一起去。」

「我去幹什麼啊？」李秩詫異。

「當然要你去，這次的主角是你，得讓你把所有法律文件都簽了，免得以後你找我打官司！」

「唉，我怎麼會找你打官司……嗯？不對，你說，我是主角?!」李秩瞪大眼睛，「不是參考，不是顧問，就是我？」

徐遙瞥他一眼，「怎麼，你怕我OOC（out of character，人物性格與原著不符）？」

「怎麼會！！！你寫我是什麼我就是什麼，你寫我是一條大黃狗都行！」李秩恨不得自己真的化出一條尾巴來，用力搖給徐遙看，讓他知道他有多開心，「那，那書叫什麼名字？」

「書名啊……」徐遙懶懶地伸出手去，摸了摸李秩的頭髮，又順著他的耳廓，撫上他總是炯炯如星的眼睛。

無論有多少雙不能瞑目的眼睛，總有人代替他們注視前方，撥開迷霧，找尋真相。

「就叫《無瞳之眼》吧。」

——《無瞳之眼05》完

——《無瞳之眼》全系列完

高寶書版集團
gobooks.com.tw

BL057

無瞳之眼05(完)

作　　者　風花雪悅
繪　　者　BSM
編　　輯　林雨欣
校　　對　薛怡冠
美術編輯　彭裕芳
排　　版　彭立瑋

發 行 人　朱凱蕾
出　　版　三日月書版股份有限公司
Printed in Taiwan
地　　址　臺北市內湖區洲子街88號3樓
網　　址　www.gobooks.com.tw
電　　話　(02) 27992788
電　　郵　readers@gobooks.com.tw（讀者服務部）
pr@gobooks.com.tw（公關諮詢部）
傳　　真　出版部　(02) 27990909　行銷部 (02) 27993088
郵政劃撥　50404557
戶　　名　三日月書版股份有限公司
發　　行　英屬維京群島商高寶國際有限公司臺灣分公司
Global Group Holdings, Ltd.
初版日期　2021年6月

國家圖書館出版品預行編目(CIP)資料

無瞳之眼 / 風花雪悅著.-- 初版. -- 臺北市：三日月書版股份有限公司出版：英屬維京群島商高寶國際有限公司臺灣分公司發行, 2021.06-
冊；　公分. --

ISBN 978-986-06233-6-9(第5冊：平裝)

857.7　　110002836

三日月書版

三日月書版

GOBOOKS
& SITAK
GROUP©